老いとお金

群 ようこ

角川文庫
22621

目次

貯金は苦手 7
本当のお金持ち 11
みじめとは？ 22
実家を建てた顛末 30
身内とのトラブル 41
決着し絶縁 55
税金のための書類集め 69
生命保険解約 75
金銭問題解決 85

母のリハビリ病院 95
デイサービスから特養老人ホームへ 105
自宅で介護を決めた友人 114
訪問介護のすすめ 124
単身シニア女性のお財布事情 130
さて、自分はどうするのか 137
借金が平気な人 145
どこにお金を遣うのか 152
人とのつながりを大切にして、物を減らす 158

貯金は苦手

私は貯蓄体質ではないので、お金は貯めるより使ってきたタイプである。

といっても子どもの頃は、月々のお小遣いしかもらっていなかったため、欲しいものがあるとお小遣いを貯めて買っていた。私は親に、

「あれ、買って、これ買って」

とねだれない性格だったので、ちまちまとお小遣いを貯めるしかなかったのである。小学一年生で百円、二年生で二百円と、学年が上がるごとに百円ずつアップするお小遣いを貯めて、欲しかったタミー人形を八百円で買った。本や雑誌は好きなだけ買ってもらえたので、その点はよかったのだが、かわいい文房具やハンカチなどは、我慢しなくてはならなかった。

アルバイトが許される年齢になると、自由に使えるお金が増えたので、好きなものが買えるようになった。小学校に入学する前、母からいわれて、郵便貯金をしていた

ような気がする。今のような通帳スタイルではなくて、厚紙を折りたたんだものだったような記憶がある。そこにもらったお年玉とか、母に、

「最近、貯金していないんじゃないの」

といわれて、仕方なく二十円貯金するとか、そんな感じだったのが、私が小学校を卒業するときに、父が私と弟の、微々たる子ども貯金まで使い込んでいたことがわかり、呆然《ぼうぜん》としたのだった。

それから私は、親や結婚相手には頼らず、自分が稼いだお金で、一生、生活していくと決めたので、どうすれば自分ひとりを食べさせていけるかを考えていた。学生時代は短期、長期、いろいろなアルバイトをしたが、アルバイト先で重宝がられ、社員にならないかと勧誘されたことが何度もあった。何となくそこで、私は働いていけそうだと自信を持ち、自分ひとりくらい、何とかなるだろうと思えるようになった。

大学を卒業して、いちばん最初に勤めた広告代理店では、ほぼ無理矢理、積立貯金をやらされた。きっと会社の取引先の銀行と、新入社員がくるたびに、積立貯金に勧誘するという約束ができていたのに違いない。

社長秘書も兼ねている総務担当の、いつもハナエモリの服を着ている、とても感じのいい女性に、

「積立貯金をしませんか」

といわれ、少しでも振り込まれる給料が減るのはいやだったので、

「私はいいです」

と断った。しかし彼女は諦《あきら》めず、毎日、優しい物腰と口調で、

「結果的にはあなたのためになるから、積立貯金をしませんか」

と私の席までやってくる。それを何度も繰り返した後、私も面倒くさくなって、

「じゃあ、やります」

と返事をしたのだった。当時の給料は手取りで九万円くらいで、彼女は返事をした私に、

「月々『三千円コース』と『五千円コース』があるのだけれど、どうしましょう。金額を減らすことはできないけれど、増やすことはできるので、とりあえず三千円コースにしておきましょうか」

とこちらの事情も察してくれたらしく、積立金額の無理強いはしてこなかった。

毎月、三千円でももったいないと思っていたのだが、結局、半年でその会社はやめることになった。そのときそれまでの積立貯金のお金も戻ってきて、一万八千円にほんの少しだけプラスされていたと思うが、若い私にはとてもありがたかった。そのとき、

「天引き貯金というのは、知らないうちにお金が貯まっていくものなのだな。少しず

つでも毎月貯金していれば、後になったらまとまるのだ」

なとよくわかった。よくわかったのなら、それからも毎月、こまめに貯金をすればいいのに、そういう体質ではないので、ころっと忘れていた。転職を繰り返していたので、銀行口座に多少の残金があり、実家暮らしとあっても、だんだん金額は減ってくる。若い頃は今よりもっと老後のことなど考えていないので、ぱっぱと、といっても本やレコードばかりだったのだけれど、欲しいものを買っていた。

やっと零細出版社に拾ってもらい、腰が落ち着き、貯金もできるようになった。月々の給料は少なかったけれども、ボーナスを多めにいただいた。しかしそれも、まとまった金額が口座にあると、一枚、着物を買っていた。それで貯金はゼロになり、またお勤めに励まなくてはと思うのだった。書く仕事をするようになってからは、住んでいた家賃も安かったため、結構、まとまった金額が口座に残っていた。出費のなかでいちばん多いのは税金だった。しかし突然、実家を建てさせられて（この顛末《てんまつ》については、のちほど）、ローンの支払いがあったときには、年末の銀行の残金が、百円に満たなかったこともあったけれど、おかげさまで今まで暮らせてきた。

本当のお金持ち

年齢的には前期高齢者になっているので、知人のなかには仕事をやめてリタイアしている人は多いけれど、私は相変わらず労働者である。なぜそうしているかというと、手短にいえばお金が潤沢にないからである。貯金もまったくないわけではないが、ごくごく平均的な金額しかない。これまで働いてきて、現在は貯金を切り崩して暮らしているのではなく、それを切り崩さないで済むように、現在進行形で生活費を得ているといった感じである。

まだ仕事もいただけて、体にも問題はないので、働くようにできているのかなあとも思うが、もうちょっと老後について考えておけば、もっと貯金もたくさんあったのではと反省したときもあった。老後だけのために生きてきたわけではないので、実家を建てさせられたのは別にして、これまでの人生はとても楽しかった。小《こ》唄《うた》、三味線を習ったことで、年齢、職業がまったく違う方々ともお知り合いになれたし、いい経験をしてきたと思う。これから先は、どうなるかはわからないけれども。

先日、別の場所で知り合った友だちAさんの知人の、大金持ちの女性の話を聞いた。

仮にQさんという名前にしておくが、彼女の家は明治創業の企業で、一人娘の彼女は婿養子ではないが、結婚相手の男性に家の仕事に就いてもらい、経営を続けている。

Aさんと Qさんの最初の出会いは二十数年前、娘さんの私立幼稚園の入学試験のときだった。親子面接があるので、両親はスーツ、子どもたちもきちんとした格好をしているのに、ただ一人、隣の席にラフな格好で来ている母親がいた。Aさんは、

(こんな大事な場だというのに、それに夫と子どもはきちんとした格好なのに、どうして母親があんな姿なのだろうか)

と気になって仕方がなかった。

そのときのQさんは、寒い時季なのに白いリネンの幅広のカチューシャを頭につけ、洋服は白いハイネックのセーターの上に、白いボアのAラインの膝下《ひざした》まであるジャンパースカート、足元は防寒用の分厚いソックスに、これまた白いボアのついた、幅広の丸っこいフラットシューズだった。

この場には違和感のある姿に、他の親たちも、ちらりちらりと彼女を見ていたが、当人はまったく気に留めるふうでもない。そのときAさんは内心、彼女の隣に座っている女の子を見ながら、

(かわいそうに、この子は落ちたな)

と思ったのだそうだ。

Qさんはとても人なつっこく、にこにこしていて、初対面なのに名前を聞いてきて、すぐに、「Aさん」と名字で呼んできたという。Aさんもそれに合わせて、彼女と雑談をしていたのだけれど、

（もう、あなたとは二度と会わないと思うから、試験の場なのに名字を聞かれたけれど、あなたが気の済むまでお話ししましょう）

という気持ちだった。

「きっと控え室にいた全員が、Qさんのせいで娘さんは落ちると思ったと思うのよ」

とAさんは真顔でいった。

Aさんの娘さんは無事に合格し、入園式に出向いたら、遠くから大声で、

「Aさーん」

と呼ぶ人がいる。こんな場所でいったい誰が私の名前を知っているのだろうかと、声のするほうに目をやると、娘さんと手をつないだQさんが、仁王立ちになって大きく手を振っていた。

（あっ、受かってたんだ）

びっくりしていると、彼女が手を振りながらものすごい勢いで走ってきて、

「また会えてうれしいわあ」

と抱きついてきた。そのときも彼女はスーツなどではなく、ずどーんとした、くる

ぶしまであるワンピース姿だった。なぜかQさんに好かれてしまったAさんは、それから二十数年の付き合いが続いている。

Aさんは相手のことを、根掘り葉掘り聞くような人ではないので、最初の頃はQさんがいったいどういう人なのかを知らなかった。幼稚園やエスカレーター式に入学できる小学校の低学年になった子どものお迎えのときには、お母さんたちはそんなときでさえ、化粧にも服装にも気合いを入れてくるのに、Qさんはいつもキャラクターが胸に大きく描かれたTシャツを着、その裾《すそ》をウエストゴムのギャザースカートの中に入れている。足元は頻繁に履かれているのがよくわかる状態のスニーカーだ。Aさんは常々、

(なぜ、その姿なのか)

と疑問に思っていたが、他のお母さん方からは敬遠され、声をかけてもらえないQさんは、Aさんに会えるのがうれしいらしく、横にぴったりとくっついて離れなかった。

娘さんが小学生のある日、Qさんの家に招かれた。Aさんが娘さんと一緒に、半分不安になりながら出向くと、そこは高級住宅地のなかにある、敷地も建坪ものすごく広い、四階建ての豪邸だった。家の調度品も代々引き継がれた立派なものばかり。Aさんの娘さんはトイレが七か所にあったのにびっくりしていた。Aさんの家も裕福

な家庭なのだが、トイレがそんなにたくさんある家ははじめてだったといっていた。

Qさんは喜んで、いろいろともてなしてくれた。このような豪邸に住んでいるのなら、食器なども豪華なものを使っているのだろうと、器好きのAさんが期待していると、目の前に出てきたのは、大昔に近所の商店街の福引きで当てたり、おまけでもらったりしたという食器ばかりだった。日本茶も鮨《すし》店の名前が大きく書いてある、お店の販促品の大きな湯飲みで出てきた。

「いつもこれを使ってるの」

と彼女が聞くと、

「うん、前からうちにあったし、壊れてないから」

とQさんはにこにこしている。Aさんは『豪邸に住んでいる人』のイメージが、壊されたといっていた。

「私は無意識のうちに、こういった家に住んでいる人は、こういったランクの物を持っていて、こういったランクの車に乗って、こういったランクの物を食べているっていう固定観念を持っていたのよ」

としみじみといった。

Qさん一家がいちばん好きなのは、ファストフードで、それが外食の楽しみなのだそうだ。流行の話題になっている店や、高級レストランでの食事には興味がなく、探そうともしない。海外旅行で必ずビジネスクラスにするのは、Qさんの体格だと、エコノミーだとシートに体がはまってしまう現実的な問題があるからだった。海外に行っても食生活は変わらず、ファストフード店をはしごして食べ歩いていた。

Qさんは、ファッションもキャラクターものが大好きで、そのキャラクターがついていれば、服でもバッグでもアクセサリーでも、なんでも買ってしまう。Aさんが、

「正規品はそんなに安くないと思うわよ。千円や二千円で買えるものって偽物なんじゃないの」

というと、

「え、そうなの？　あら大変」

とあわてはじめる。世の中の雑多なあれやこれやを知らないのだ。

Aさんは彼女と親しくなってから、子どもの大事な受験の日に、どうしてあんな格好で会場に来たのかと聞いたら、

「子どもを産んで太っちゃったから、家にある服で、ちょっと改まった感じの雰囲気があって、体が入るのがあれしかなかったのよ。それにあの日は寒かったでしょ。あの服はとてもあたたかいのよ。カチューシャも、朝、髪の毛を洗ったらばさばさになったから、あれで押さえてたの。足は外反母趾《がいはんぼし》だし」

という返事だった。こういう天然の人なので、ものすごいお金持ちでも自慢するこ

ともなく、他人と比較することもなく、当然、お金のない人を見下すこともなく、ただ毎日、あっけらかんと過ごしているのだった。

娘さんが成長するにつれて、豪邸も古くなってきて、Qさんの父親が亡くなり、建て替えの話が出た。しかしQさんは、

「そういうのは面倒くさい」

といい、建て直すくらいなら、新しく家を買うといいはじめた。Aさんが、

「あんなに大きな土地や家があるんだから、それを活かしたほうがいいんじゃないの」

とアドバイスをしても、

「うちには昔からの物が、押し入れや納戸にたっくさんあって、それを私が整理しなくちゃならないと思うと、とてもできない」

と顔を曇らせた。たしかにあれだけの豪邸の納戸や押し入れに詰め込んであるであろう、先々代、先代からの品々を想像すると、彼女一人で整理するのはとうてい無理そうだし、誰かが手伝ったとしても、月単位では終わりそうになかった。

その後、建て替えの話は進展せずに数年が過ぎ、娘さんの結婚が決まった。その話を聞いたAさんが、

「よかったわね」

と声をかけると、Qさんは、

「うん、ありがとう」

といったきり、黙ってしまった。いったいどうしたのか、その結婚に反対なのかと彼女が気を揉《も》んでいると、Qさんが真顔で、

「ねえ、家って一軒、一億円あれば買えるのかしら」

と聞いてきた。Aさんはびっくり仰天して、

「買えるわよ。十分、買える」

と返事をした。すると彼女はほっとした顔をしていた。

そしてほどなく母親が亡くなったのを機に、Qさんは実家の豪邸の近所に、新築の家を購入した。隣同士の二軒で、一軒にQさん夫婦、もう一軒は娘さん夫婦のためだった。豪邸はそのまま、誰も住まずに残している。

その話を聞いてAさんが、

「一度に二軒も買って大変だったでしょう」

と聞いた。

「そうなのよ、考えていたよりもずいぶん高くなっちゃって」

「ローンも大変ね、これから」

「ローンは組まなかったのよ。全部、現金で払った」

それを聞いてAさんはまたびっくり仰天した。家二軒で二億以上、広さを聞いたら三億以上にもなる金額を、現金で支払える人がこの世にいることに驚いたのである。

「あなた、まさか、こっそりＹｏｕＴｕｂｅｒとか、やってるんじゃないでしょうね」

と思わずいってしまったといっていた。Aさんも不動産は好きで、物件を所有しているが、

「ああ、もう大変」

と嘆きながら、毎月ローンを支払っている。よほどの人ではない限り、現金で億単位の不動産を買うことなんてできないだろう。またそれができる人が、ブランド品や装飾品まみれではなく、キャラクターのＴシャツを着て、そのＴシャツの裾をウエストゴムのスカートの中に入れ、化粧気もなく宝石もつけずに、大好きなファストフードを食べてにこにこしている。

私はその話を聞いて、本当のお金持ちというのは、こういう人ではないかと思った。自分を考えてもそうだが、ちょっとお金が入ると、自分が今まで持っているものよりも、グレードのよいものを買おうとしてきた。それは自分の楽しみでもあったし、それを見た人、たとえばハイブランドの時計をしていると、立ち寄ったお店の人の扱いが、それによって変わるからということもあった。

ある年齢以上になったら、仕立てがよく質のいい服を着ようとした。それは自分が

着ていて気分がいいことが重要だった。たしかに丁寧に作られた素材のいい服は、自分が身につけて心地いいのは確かなのだが、人からどう思われるのか、他人から丁寧に扱われたいという気持ちがあったような気がする。誰も人の内面など、初対面では見抜けないので、身につけているもので判断するしかないのは、どうしようもない部分もある。

Aさんもふだんはドイツ製の外車に乗っているのだが、都内をこまめに走るには、こちらのほうが便利と、国産の軽自動車を買って乗るようになった。

「便利はいいんだけど、明らかに駐車場の人の態度が違うのよね」

彼女もいちいち相手の態度など気にしない人なのだけれども、世の中というものは残念ながらそうなのだ。

先日、ある高級レストランでランチの会食があった。とても私個人ではいけそうにない店で、相手の方が自分も行きたいからと、二人分を予約してくださったのである。そこに来ていたのは三十代、四十代のカップルが三組と、私よりも年長のご夫婦二組、また彼らと同年配のご婦人がひとりでいらしていた。年長の方々は、男性はジャケットにパンツ、女性もスーツ、セパレーツ、ワンピースといった姿で、お洒落《しゃれ》をなさっていた。高齢者の方がお洒落をしているのは素敵だなと眺めていた。

一方で若い方のカップルは、正直、それってどうなのかしらといいたくなるような服装だった。どの人も感じが悪くはないのだが、女性は着ているものが、相談したのではないかと思うように、全員、ニットのロングワンピース。私は編み物をするので、毛糸の善し悪しはわかっているつもりなのだが、すでに毛玉がそこここに出来ているものを着ていたり、お尻《しり》の部分が伸びきっていたりと、どこかだらしがない感じだった。安いものでもいいから、もうちょっと手入れをしたものを着たほうがいいのではないかと思った。また男性も大丈夫かといいたくなるような、皺《しわ》だらけのジャケットやよれよれのパンツ姿で、高齢者のご夫婦の存在感には到底及ばないものだった。私もその店には二度と行けないと思うし、そのご夫婦やご婦人は間違いなく裕福な方々なのだろう。しかし同じ服を着て来るのでも、もう少しメンテナンスをきちんとするとか、考えたほうがいいのになとは思った。このように、私のようなものは、あれやこれやと考えるわけである。しかしそんな些末《さまつ》なことなど物ともしない、太っ腹のQさんから比べて、なんと私は下々の感覚しかなかったのかと。恥ずかしくなってきた。

いくらお金があったとしても、それを自慢したり、口には出さないけれども、それとなく身につけているものでアピールしたり、他人を見下したりするような人は、やはり下々の恥ずかしい感覚だ。ここでは書かないけれども、Qさんには Q さんなりに抱えている問題もあり、お金持ちだからといって、なんの苦労もないわけではない。人生はプラスとマイナスがからみあって、結局は平等だなと思ったのだった。

みじめとは?

現金で家を買えるなんて、私にとってはこれから先も、絶対にありえないが、あんたには用はないといわれれば別だが、依頼がある限りは仕事を続けていくつもりだ。

しかしたまに、

「いったい、いつまで私は働くのだろうか」

と考えることもある。私には余生がないのかなとも思う。そんなとき録画しておいた、ニューヨーク在住の日本人前衛芸術家夫婦の番組を観た。(「クレイジージャーニー」二〇一九・五・一五 TBS)彼らの生活は老後とはほど遠いものだった。

夫は一九三二年生まれ、妻は一九五三年生まれである。二人とも若い頃に渡米し、現在はブルックリンにある、トイレにはドアがなく、雨漏りがする老朽化したロフトに住んでいる。彼らの生活は「キューティー&ボクサー」というドキュメンタリーになり、二〇一四年のアカデミー賞にノミネートされた。大きな作品が売れると一枚何千万円という値がつくこともあるが、それでも彼らの生活は華やかなものではない。私自身は老朽化したロフトで生活すること自体は、面白そうな気がするのだが、彼らの生活はまさに綱渡りの日々だった。妻が出産したときも、ミルク代を調達するのすら大変だったという。そしてそれ以来、何十年も彼らの生活はほとんど変わっていないのだ。

ロフトの前に住んでいたソーホーの部屋も、八か月も家賃を溜《た》め、今の住まいも毎月家賃は払えていないようだ。ただニューヨークのアトリエ付きの物件を持っている大家さんたちは、アーティストに対して寛大で、多少の家賃の遅れは許してくれるらしい。私はそのぼろぼろの壊れそうなロフトの家賃が、毎月四千ドルと聞いてびっくりしたのだが、彼らの制作活動には広さが必要なので、その家賃も仕方がないのだそうだ。

彼らが仕事をし、生活ができたのは、アーティストを認め尊敬する土壌が現地にあるからだろう。有名な画家が遊びに来たときに、ドアに描いた絵があり、それを売って欲しいといわれたが、売らなかった。裕福とはいえない彼らなのに、お金が一番ではない。自分たちが納得できる生き方を優先しているのだ。

現在、九十歳と六十八歳の夫婦が、日本円で毎月、四十五、六万の家賃を支払わなければならない。払えない分は当然、大家さんに対する借金である。生きるためには食費も必要だ。彼らの食事を見ると、とてもシンプルだったし、収入のほとんどは、その壊れそうなロフトの家賃に消えているようだった。着ている服もきっと古着だと思うのだが、それが二人にはよく似合い、とてもかっこいい。彼らの気概がスタイルにも表れているのだった。

妻は相当、そんな生活が続いていることにうんざりしているように見えたが、夫のほうは、絵が売れないほうがいい。アーティストは気合いがないとだめだという。日本風な終わり方だと、

「それでも私たちは幸せ」

となってしまうのだろうが、どう考えても大変そうなのは画面からでも伝わってきた。現実はもっと厳しいだろう。日本で高齢者といわれる年齢になっても、外国でパワフルに創作活動を続け、それでも家計は火の車。創作しないと収入を得られず、より状況が悪化するのは目に見えているが、彼らは自分たちが選んだ場所で、生きていかなくてはならない。年齢は関係なく、とにかく生きていかなくてはならない、人間の力強さを教えられたような気がしたのだ。

妻とほぼ同い年の私は、生活のために、とにかく描かなくてはならないという気迫、パワーを感じて、すごいなあと感服してしまった。私の場合は今のところ、パソコンの前に座って、毎月原稿料をいただき、何か月かに一度は単行本や文庫本の印税が入る。ありがたいことに、一、二年先くらいまでの収入のめどは立つ。しかし彼らは明日《あした》のこともわからない。彼らの姿を見て、

「私はいつまで働かなければならないのか」

と思った自分がちょっと恥ずかしくなったし、

「私は安全牌《あんぜんぱい》を握りたくなってきたのではないか」

と自問自答した。私は彼らほどのパワーはないし、足元にも及ばない凡人なので、どこかに安心したい未来を求めているのかもしれない。

私が中、高生くらいの時、周囲の大人たちは、「歳を取ってお金がないのはみじめ」とよくいっていた。だから一生懸命に勉強をして、いい学校に入って、そこを卒業したらいい会社に入れというわけである。私はその「みじめ」という意味がよくわからなかった。みんなごく普通に暮らしていたし、ひどく貧乏そうにも見えなかった。町内には古い小さな家に、八人で住んでいる一家もいたが、彼らが公園で親子で笑いながら遊んでいる姿を見ると、両親が不仲で殺伐としている雰囲気になっている私の家よりも、はるかに幸せそうに見えた。

お金があるから幸せなのか、ないから不幸なのかを考えると、そうではないような気がしたが、大人たちはお金があったほうがいいといい切っていた。しかし私にとっては、その「みじめ」という言葉がどうしても納得できなかった。生活がまったく成り立たないのは大変だが、「みじめ」というのは、他人から自分がどう思われているかということで、他人がそう感じていても、本人は感じていない場合も多い。それでいいのである。歳を取ってお金がないのはみじめという人たちは、他人からそうは見られたくないという見栄《みえ》があるのだ。きっと彼らには、自分が描いた、六十代、七十代、八十代の理想の生活があるのだろう。

生涯現役か隠居か、私の年齢はまだ中途半端なので、まだ決められない。若い頃、私が結婚する気がないとわかると、周囲の人から、「家を買ったほうがいいのでは」と勧められた。私には譲る人もいないし、面倒くさくなるような気がしている資産というものは持ちたくなかったので、すべてに首を横に振り、一生、賃貸でも何とかなるんじゃないかで過ごしてきた。お金がふつうにある程度あれば、何とかなるだろうと思っていたのである。

ところがいつからか、誰かが老後は持ち家とは別に二千万円以上が必要とかいいはじめて、世の中は一時期、波立った。私は、

「はあ?」

としかいえなかった。「ゆとりのある生活をするには」という理由なのだが、老夫婦でひと月、三十万から四十万で生活している人なんて、どれだけいるのだろうか。昔に年金をかけていた人は、まあそれなりに回収できているかもしれないが、私のように会社勤めを続けておらず、途中からフリーランスになると、年金はほとんど国民年金で、厚生年金に比べると少額になる。還暦になったときに、年金をもらう時期な

どを考えた。国のほうは、

「支給年齢を遅らせると、もらう金額はこれだけ増えますよ」

と甘い言葉をささやいているが、できるだけ年金を払いたくないので、こっちが死ぬのを待っているのだろう。

そこで私は六十五歳から回収に入った。年金の支給を六十五歳からにしてもらう手続きをした。手元の年金手帳をもとにして、書類を書いて提出したのだが、年金機構のほうが詳しく調べてくれて、足りない厚生年金の部分を補足してくれていた。これはありがたかった。送られてきた書類を見て、

「ああ、そういえばここにもちょっと勤めた」

と思い出した。そのときに厚生年金を払っていたかどうかなんて、まったく記憶になかった。

しかしそれによって大幅に受給額が増えるわけでもなく、当初は厚生年金分が振り込まれたが、あとは一般的な国民年金のみが、二か月に一度、振り込まれている。最初は毎月その金額が振り込まれるのかと思っていたが、違っていたので、とてもがっかりしたのだった。そのうえそこから介護保険などが引かれるのである。

あれだけ税金を払ってきたのに、高齢者に対してろくな保障がないなんて、本当にひどい話だ。病気になるともちろん大変だし、健康で働き続けても税金の支払いが大

変だ。自分の持ち物なのに、家などを持っているとそこに固定資産税がかかる。意味がわからない。あれこれ考えると、労働意欲がなくなるのも当然だろう。

ただ自分が前期高齢者で老後に関して当事者になったとき、それは若い頃と同じ考えなのだが、まったくお金がないのも困るが、そこそこあれば何とかなるのではと思うようになった。昨今の特殊詐欺の報道を見ると、後期高齢者が結構な大金を騙《だま》し取られている。その金額を耳にするたびに、

「被害者は老後のためにと、一生懸命貯めてきたのだろうなあ」

と気の毒になってくる。その点、私は取られるものは何もないので、気楽なものである。会社でミスをしたり、痴漢をしたり、女性を孕《はら》ませたりする息子はいないし、大金も持っていない。持っている人はいろいろと気にしなければならない事柄が多くて大変なことだろう。取られるものを持っていないのは、人生において気にするものが減るので、その分、気楽に生きていけるのがいいのである。

ある人からは、

「着物だって資産のうちらしいですけれど、たくさんあるじゃないですか」

といわれた。たしかに着物や帯の枚数は結構ある。それでも自分で整理、所有するには限りがあるとわかったので、これまでも知人にもらっていただいてきた。私は着物は大好きだけれど執着はない。亡くなったうちのネコが若かったとき、五、六人と

話していて、

「もしうちのネコが病気になって、私の持っている着物を全部渡したら、絶対に治してあげるといわれたら、私はそうしちゃうだろうな」

といったら、ある人が、

「ええーっ」

と驚いたような声をあげた。きっと彼女はそうはしない人だったのだろう。動物とはいえ、命と着物とどちらが大切かなんて、いわずもがなである。

着物でも帯でもどうしても手放せないものはあるけれど、大枚をはたいて買ったものでも、ばんばんあげてしまった。いったん買ってしまったら、ついていた値札は関係ない。今のところ手元に残してあるものは、まだ手放す気持ちにはならない。でもいずれはそうしなくてはならないと思っている。

実家を建てた顚末

資産は欲しくないといいながら、一九九七年に家を建てたことがある。実家である。この件については、あちらこちらで書いているので、またかと呆《あき》れられると思うのだが、はじめて読む方のために、お許しいただきたい。

実家を母と弟に建てさせられる二、三年ほど前、多くの方が本を買ってくださり、当時、確定申告後に発表されていた、新聞での高額納税者の下のほうに、私が載ってしまった。国に個人情報保護の意識などなく、こちらの承諾なしで勝手に掲載されたのである。とても不愉快な思いをしたのだが、それを見て舞い上がったのが母だった。

私が二十歳のときに離婚した彼女は、昔から持ち家に執着していた。結婚した当時、父は売れない絵描きであり、このような生活を続ければ、家を持つには相当難しいと勘づくはずなのに、そうではなかった。ほぼ無収入だったが、お金が入るときはどっと入るので、それが「もしかしたら」と彼女があきらめられなかった理由だったかもしれない。私が子どものときにはわからなかったが、後年、母の学生時代からの付き合いが続いている、親しい友人の方々はみな裕福な家に嫁ぎ、夫が出世して大会社の役員の妻となった方々もいた。その方たちは豪邸に住んでいたため、自分一人がいつまで経っても、狭い借家住まいというのも肩身が狭かったのかもしれない。

しかし母は安定した会社に勤めている男性よりも、たとえば役者になるのを夢見て、アルバイトを一生懸命にしている男性がいちばん好きだといっていたので、本人の好みだったのだから仕方がない。父は金銭感覚が欠如していたため、デザイン事務所をひとりでやっていた父のところに入金があると、まず彼が自分の好きな物を買い、その残りで家族が生活する毎日だった。

結婚二十年後にやっと、この男はだめだと、見切りをつけたのだけれど、今度は持ち家を実現させてくれる対象が、私と弟に向けられた。私はひとり暮らしをはじめて家を出ていたし、母はすでに仕事をやめ、年金で生活をしていたが、賃貸マンションで同居していた弟が、マンションを購入して出て行ってしまった。そのときの母の怒りはただものではなく、私のところに毎日電話をかけてきては、

「買ったマンションは3LDKの広さがあるのに、私を連れていってくれなかった」

とエンドレスで愚痴をいい続けた。そして最後には必ず、

「あの子も私と離れて、親のありがたみがわかるだろうよ」

と憎々しげにいうのだ。私も仕事の手を止めて何度も愚痴を聞かされるので、

「もう、いいたいことは十分にわかった。いくら愚痴をいっても、弟とは一緒に住め

ないのだから、もう電話は掛けてくるな」

と怒ると、

「うん、わかった。じゃあ、いつだったらいい？」

と聞いてくるので、これはだめだと諦《あきら》めた。

母が住んでいた賃貸マンションは、私が高校生の頃に引っ越した物件で、築年数もずいぶん経っていた。たまたま上の階でぼやが出たこともあり、母は同じエリアにある、神社の横の一戸建ての借家を見つけてきて、そこに引っ越すと連絡してきた。そして、仕事をやめて生活も大変だから、毎月、お金を送ってくれないかといってきた。私が今の彼女の経済状態を知ろうと、

「年金はいくらもらっているの」

と聞いても、絶対に金額をいわなかった。それから送金額を割り出そうとしたのに、何度聞いても、絶対にいわない。どうしていわないのかと聞いても無視された。そして、

「月に四十万くらいあったら、安心して生活できる」

という。それまで母には、ファーストクラスでのヨーロッパ旅行、三十分間に私のお金で着物と帯を五百万円買ったり、ジル・サンダーやイッセイミヤケで洋服、グッチやフェラガモで靴を買ったりと、相当な金額を使われてきた。いいかげん私も呆れ

ていたので、

「今後一切、私に物をねだらないのなら」

という条件付きで、毎月四十万円を送金していた。そのほうがそれまで母が衝動買いした金額よりも、安くあがりそうだったからだった。

これで落ち着いたと思ったら、不愉快な納税者のランキングが出たことによって、まずひとり暮らしをはじめた弟から電話があった。今後、母親がもっと歳を取ったら、家を建てて同居するつもりなので、月々援助してくれないかという。それについて私は快諾した。すると会社員で給料をもらっているので、税金の対象にならない、ひと月九万円を銀行に振り込んで欲しいという。

弟以上に母も舞い上がり、記事が出てすぐに電話があり、

「ヒロシ（弟　仮名）が家を建てるっていうから、援助してやってくれないか」

という。私は三人で同居する気はなかったし、彼がそう決めたのなら、九万円ずつ援助していることだし、多少のことなら援助をするのもやぶさかではないと返事をしておいた。場所の目星もついているらしく、そこは都心からは離れているので、母と弟で住むくらいの家なら、頭金の三分の一くらいを援助すればいいのかなくらいに考えていた。

ところがしばらくして母からの電話に私は驚愕《きょうがく》した。都心のターミナル駅から特急

で五十分、そこからバスで十分徒歩三分の土地で、家を建てて約一億円。なぜそんなに高額なのか、サラリーマンの給料で建てられるような物件ではないじゃないかと私は激怒し、どうしてそんなに高いのかと聞いた。すると一区画四十坪の土地を見て、母が住宅会社の担当者に、

「一区画はちょっと狭いわね。二区画買おうかしら」

といったのだとか。

「二人で住むのにどうしてそんなに広い家が必要なのか。あんたたちは自分たちの分というものを考えないのか」

と激怒したまま電話を切った。すると弟から折り返し電話があったので、

「その話なら断る」

と返事をした。そして、

「どうしてもそれだけのお金をかけたいのなら、都内の戸建てかマンションにしたほうがいい。庭が欲しいのならば、一階を購入すればいいではないか。そのほうがのちのち値崩れが少ないから」

と話しても、弟の会社には持ち家制度があり、その住宅地の販売を手がけている住宅会社とつながりがあり、社内でもその地域に家を買った人が多く、社員には特権があるようなのだった。となると私としては、

「その話は断る」

しかなかった。するとすぐに母から電話があった。受話器を取ったとたんに、電話口で大泣きしている。

「せっかく自分の家が持てると思ったのにい……」

そして延々と電話口で大声で泣き続けた。私は耳から受話器を離して、くどくどと「家が欲しい」と説明し続けるのを、何の感情もなく聞いていた。そして三十分経っても泣くのをやめないことに、妙に感心してしまった。そんなに泣くほどこの人は家が欲しいのか。そのすさまじい執着ぶりに感心したのである。いつまで経っても泣き止まないので、

「もうわかった。お金は出すけれども、これから一切、あんたの着物は買わないし月々の小遣いもなしにする。私がいくら出せばいいか、連絡して」

そういって一方的に電話を切った。こちらの考えとしては、弟の会社も住宅会社との間に入って販売している土地だし、彼が主になって家を建てるものだと考えていた。

ところが後日、母からかかってきた電話を聞いて、私は再び激怒した。私の負担は総額の三分の二になっていたのである。

「ふざけるのもいいかげんにしろっ」

と怒ると、今度は母は泣きもせず、笑いながら、

「いいじゃないの、お姉ちゃん。ちゃんと名義は三分の二にしておくから」

という。勝利者の余裕みたいなものが腹立たしかった。困った出来事があると、相手を泣き落としにかかるという、私の大嫌いなタイプだった。

それからはあっという間に、家購入の渦に巻き込まれた。弟からは、

「一週間後に頭金の千五百万円、払える？」

といわれて、再びみたび電話口でぶち切れた。彼が「ありがとう」「ごめんなさい」をいったことは一度もないので、人間的に成長していないなと呆《あき》れるしかなかった。これまでに振り込んでいた、月々九万円の援助は当然、中止である。もうこの人たちとは心は通じ合わないと思った。契約のときにも、うれしそうな二人を横目で見ながら、私は仏頂面で座っていた。陰気でケチな弟は、服装にはまったく気を遣わない。契約の日だというのに、薄緑色のぺらぺらのジャンパーを着ていて、住宅会社の女性から身内の業者さんだと思われたのか、お茶を出してもらえなかった。

ローンの支払い回数も、この先の仕事がどうなるかわからず、還暦を過ぎてまで支払いたくなかったので、とりあえず十五回にしておいた。それについても確認を受けたが、

「ローンを延々と払うのはいやなんですっ。できれば十年にしたい」

と暴れそうになると、担当者に、

「どうぞご無理なさいませんように。それでは十五回で」

と静かにいわれた。すべての書類に印鑑を押し終わった。

「おめでとうございます」

担当の人はにこやかにそういったが、私は精一杯の抵抗で、

「私は全然、おめでたくないんです」

と真顔でいうと、それを横で聞いていた母は、

「やあねえ、お姉ちゃんったら」

とばつが悪そうな顔で、手で私の体を押しながら苦笑していた。

いやいや印鑑を押した後は、いつもはしたことがない、お金の計算だった。連載と単行本、文庫本の発行予定を考えると、綱渡りといってもよかった。貯金もほとんどなくなっていたし、安心できる状況ではなかった。考え過ぎると母と弟への恨みがつのってきて、腹が立って仕方がないので、もしローンが払えなくなったら、私がいいだした話ではないので、

「払えませーん」

と逃げるしかないと考えるようにした。

実家が完成し母と弟はそこに住むようになった。私は住んでいる部屋が本で手狭になっていたので、母に、

「本をそちらの私の部屋に置きたいから、宅配便で送るのはいつだったら都合がいいか」

とたずねたら、母から、

「お姉ちゃんの部屋はないの」

といわれて返す言葉はなかった。一階と二階、それぞれ百平米あるのに、大金のローンを背負った私の部屋のスペースすら作ってくれていなかった。ますますこの人たちとは、心から通じ合えないと思うようになった。

一九九八年の五月、私の住んでいるマンションの敷地内で子ネコを保護した。実家にいたときは家族でお世話をしていたネコたちはいたが、自分ひとりで動物を飼う気はなかったので、マンションよりも庭のある広い家のほうがいいのではないかと、実家に電話をかけた。母は乗り気で話はすぐに決まり、週末に実家に届けることになっていた。するとすぐに弟から電話があり、

「そういうのはやめて欲しいんですけどね」

という。どうしてかと聞いたら、母が今飼っている鳥の世話もあまりできてないようだし、第一、ネコは部屋を汚すからだめだという。それを聞いて、

「それじゃ二人で相談して、話を決めてから連絡して」

と電話を切った。再び母から電話があり、

「飼うとしたら、檻《おり》に入れて飼うようになるけど」

というので、私は激怒して、

「ふざけるんじゃないわよ、本当に。あんたたち何を考えてるの」

と電話を切り、その小さな子ネコを飼うことにした。あんな人間のところにこのかわいい子を預けることなんてできない。ますますこの人たちとは心が通じ合わない気持ちが強くなり、彼らとは疎遠になった。母からの電話も最低限の話しかせず、私のほうから用件だけ聞いて、一方的に電話を切っていた。

その間、母から電話があるたびに、私は三分の二の名義を持っているのだから、自由に出入りできる合い鍵《かぎ》が欲しいといった。しかし母は、「弟に伝えておく」といったものの、いつもそれがうやむやになっていった。

ローンを支払うために、ふだんだったら、時間的に難しい仕事も、全部、引き受けるようにした。一時は月に十五本の締め切りがあり、いつも頭の中はぱんぱんになっていた。自分でも、できが今ひとつと反省しながらも、編集者に原稿を送っていた。とにかくお金を稼がなければならなかったのである。実際、資金が不足してきたので、駅ホームの看板を見た質店で、何回か時計やアクセサリーなどを買い取りしてもらったりもした。締め切りがくるたびに、

「あいつらのせいだ」

と腹立たしくて仕方がなかった。

私はその家には住んでもいないし部屋もないので、ローンを経費として落としていなかった。自分の部屋の家賃と、それを上回るローンの金額を毎月支払い、考えてみればよく生活ができていた。そしていつまで経っても、私には合い鍵すら渡されず、自由に家を出入りすることさえ許されなかった。家族のなかで一人、収入が多い働き手がいると、その人に経済的な比重がかかってしまうのは、よくある話だ。しかしうちの場合は、どこかおかしいと首を傾げながら、月日は過ぎていった。

身内とのトラブル

二〇〇八年に、母が病気で倒れたものの、短期の記憶障害だけで、運動機能等には障害が残らなかった。病院で久しぶりに弟と会い、今後、予想される介護費用について話そうとすると、

「ぼくはお金がないから」

と先手を打ってきた。

「私もあんたたちのせいでローンが大変で困ってるわよ」

私がむっとすると、彼は、

「まだローンを払ってるの？　ぼくなんか五年で払い終わったよ」

とこちらを馬鹿にするような態度で、得意げにいうので、心の底から腹が立ってきた。払い終わったのなら、少しは余裕があるはずなのに、本当に自分がお金を出すのがきらいなケチなのだ。ケチならば本人だけの問題でまだいいのだが、人の金をあてにしている、ずるい人間としか思えなかった。やっぱり心は通じ合わないと再再確認した。

救急病院を退院した後はリハビリ病院で過ごし、デイサービスに通うようになると、弟は彼女の物を勝手に処分しはじめた。冷蔵庫の中にある大量の常備菜、食器棚の大量の密閉容器や、かぴかぴになった床下収納の味噌樽《みそだる》などを処分するのはわかるが、母の靴やバッグも勝手に処分したと聞いて、とてもいやな気持ちになった。

そういえば私がひとり暮らしをするために家を出たとき、小学校に上がる前から使っていた、ピアノの先生からの注意が全部書き込んである、チェルニー、ハノン、ソナチネ、ソナタなど、八冊ほどの楽譜を、実家の私の部屋の天袋に残したままにしていた。引っ越す部屋には楽器は置けないし、何年か経ったら取りに来ようと考えていたのだが、それらが私が引っ越した直後、何の確認もなく弟によって勝手に捨てられていた。弟の部屋でもなく、そこにあっても誰の迷惑にもならない場所にあったのにである。

私はそれを母からの電話で知った。母は彼が勝手に私のものを処分したことに怒り、「お姉ちゃん、ごめんね。本当にひどいことをするよね」と謝った。しかし弟からは何もいってこなかった。どうしてそういうことができるのかわからない。よく夫の所有物を妻が勝手に捨てて、夫婦げんかになる話は聞いた覚えはある。世の中には人のものを勝手に処分しても平気な人がいるのは事実なのだが、私には理解しがたい性格だった。

私は還暦前に何とかローンを完済し、もっと歳を取ったときに、どこに住もうかと考えていたとき、思いついたのが実家の庭だった。私の計算上では、庭に小屋程度のものは建てられそうなので、それが実際に可能かどうかを、弟に確認しようと、「老後に実家の庭に小屋を建てて住もうと思うのだけれど、それだけのスペースはあるか」とメールをしてみた。二〇一五年のことだった。すると返事は、

「ふざけたことをいうな！」

だった。えっとびっくりしていると、

「そんな勝手なことは許さない」

とめちゃくちゃ怒っている。

「勝手なことっていっても、私は、土地、家屋の三分の二の名義を持っているんですけど。そこはすべてあなたのものじゃないですよね。私にも利用できる権利があるのでは」

そう返信しても、

「ふざけたことをいうな」

というばかりで、まったく話にならない。最初から激怒&拒絶なので、どうしてそんなことになるのだろうかと、わけがわからなかった。

ふつうだったら、そう聞かれたら、「小さい家だったら大丈夫だと思う」とか「ち

ょっと難しい」とか、何らかの返事をするのではないだろうか。もしもそれが困るということだったら、こちらが納得できる説明があるはずなのだが、何の説明もなく、ただ怒りまくるだけなのだ。自分が都合が悪くなると、すぐに怒って相手を黙らせようとする。ろくな説明をせずに圧をかけて、自分がまずいと感じた事柄に、まじめに向き合おうとはしない。

私は彼が大学二年生になるまで、実家で同居していたが、彼が「ありがとう」と「ごめんなさい」をいうのを聞いたことがなかった。もちろん家を買うときも、母からも弟からもいわれなかった。別に礼をいってもらいたいとは思わないが、実際にただ金を出す機械と思われたようで気分はよくなかった。彼のそんな性格も、社会に出れば揉《も》まれて、変わっていくのだろうと思っていたが、五十代後半になっても直らず、歳を取ってますますひどくなっているようだった。

向こうも突然いわれて、びっくりしたのかもしれないと、少し間を置いてまた同様のメールをしてみたが、同じ怒りの文面しか返ってこなかった。以降、弟と顔を合わせる機会はなく、すべてメールでのやりとりになっていた。そこで、

「それならば合い鍵を渡して欲しい。今まで何度も母親にこの話をしているのに、あんたにいっておくというだけで、まったく進展しなかった。私は名義の三分の二を所有しているのだから、家を使う権利があるはず」

とメールをしたら、最初は、

「セコムに渡すなといわれているからだめ」

という返事だった。そんなことはあるのかと、セコムに聞いてみようとしたのだけれど、その前にセコムを利用している人たちに聞いてみると、

「離れて住んでいる甥《おい》だって、うちの鍵を持っているわよ。いちいちそれでアラームが鳴っていたら大変でしょう」

という。それをまたメールすると、

「家に誰もいないときには防犯しているので、合い鍵で入ると、アラームが鳴ってセコムの警備員が来る」

といってきた。姉を泥棒扱いというわけだ。どうしても私に合い鍵を渡したくないらしい。それがあまりに極端なので、家の中で何か法に触れることでもやっているのではないかとすら考えた。

「それならば、そちらがセコムを解約するか、私がその家を買い取らない限り、私には家の鍵は渡してもらえないというわけですね」

このメールへの返事はなかった。

実家を自由に使えないということがわかってから、この件については身内であっても、きっちりさせないといけないと思いはじめた。弟の態度に非常にむかついたのも

大きかった。

勤めているのが一部上場企業なのに、そんなに給料が安いのかとインターネットで調べてみたら、高い給料のベスト500のなかに入っていた。まったく安月給ではなかったのである。お金がないからと弟にねだられて買わされた、イギリスの職人が作った大台超えのアコースティックギターの代金、車の頭金、月々九万円の援助。当時はそういったデータが開示されていなかったのだけれど、これも彼にだまされたと腹立たしかった。

家の頭金、ローン総額などを計算し、その中から、家の頭金と利息は私のほうで負担するので、それらを除いた金額を返却して欲しいと連絡した。

私は実家を買わされることになったいきさつも送った。

「母から弟が家を建てるといっているので、援助をして欲しいといわれて承諾したのだが、結局は三分の二を負担することになり、はっきりいって二人にだまされたと思っている」

と書いた。そして金額の明細を示して、

「そんなに家を自分だけのものにしたいのであれば、この金額を支払って欲しい。私にあれこれ買わせたことをどう感じているのか。それでないとこちらも納得できない」

と強く要求した。

「家の件はいったい何をいっているのかわからない。九万円についても記憶がない。そちらがいってきたことは、自分に対する恐喝だとみなす。自分は家を買ってくれと頼んだ覚えはないし、マンションを買ったばかりだし、欲しいとも思わなかった。母から『お姉ちゃんが本がたくさん売れてお金が儲《もう》かったので、家を買ってくれるといっているのだけれど、一緒に住まないか』といわれただけだ。もし話が違うのなら、自分はこの件については無関係なので、母親と話をして欲しい。ギターと車については返金は可能だが、これまでこちらが払っていた分の、固定資産税の金額と相殺する」

といってきた。

「はあ?」

である。プライベートの借金と、税金とどうして相殺する必要があるのか。軽度ではあるが、認知症で施設に入っている母親と、どうやって話をしろというのか。たしかに弟からは、家を買ってくれといわれていない。ただし月々九万円は払わされていた。家を建てるときに、すべて母経由で物事が進んでいたのだが、弟が聞いていた話をはじめて知って、母が双方に嘘をついていたのがわかったのだった。どうしても家が欲しかった彼女は、私には、「弟が家を買うから援助してやって欲しい」

といい、弟には、

「お姉ちゃんが家を買ってくれるから、一緒に住もう」

と声をかけた。私にも弟にも住宅を建てるのに納得できるような嘘をついていたのだった。

「ばばあ、やりやがったな」

正直な気持ちだった。実家を建てるについて、ものすごく不機嫌になっている私に対して、

「固定資産税はこちらで払うから」

といったのも、多少、気がとがめていたのかもしれない。

あらためて弟に、母が家を建てるといったときに、マンションに住んで間もないのに、なぜその話を拒否しなかったのかとたずねると、

「自分が母を置いて家を出てしまったので、後ろめたさもあって、同居することにした」

という言葉が返ってきた。私も一度は拒絶したものの、大泣きした母に閉口して、

「まあ、いいか」

と抵抗するのを諦《あきら》めた。弟も母のことを考えたというのは正直な気持ちだっただろう。今の状態の母を責めても何にもならないし、私の考えとしては、母が双方に嘘を

ついていたのがわかり、お互いに彼女のことを思ってそうしたのだから、それをふまえて、

「お互いに聞いていた話と違っていたね」

と今後のことを姉弟《きょうだい》で相談したらいいのではないかと思ったのに、弟はそうではなかった。そのような状況になっても、私が嘘をいっていると決めつけて、母のいうことしか信用しないと、話し合おうともしないのだった。

自分が三分の一の名義しか持っていないのに、合い鍵《かぎ》を渡さないとか、私が実家に関わろうとするのを延々と激怒&拒絶する理由が私にはわからないので、それをきっちり教えて欲しいと送信したら、返ってきた返事は、

「もらった家だから」

だった。

(もらった？　もらった家って、何？　誰から？)

パソコンの画面を見ながら、何度も、

「もらった家って何？」

とつぶやくしかなかった。意味がわからなかった。またもしばらくぼーっとした後、

「家は全部、あなたのものじゃないですよ」

ともう一度、念を押した。あまりに向こうの態度が頑《かたく》ななので、逆に私のほうが変

なのかと、彼の立場になって考えてみた。マンションを購入してローンを払って暮らしていた。そこへ母から、姉が家を建ててくれるというので、一緒に住まないかといわれた。そしてその家に住んだ。母に対して後ろめたさがあったために、同居を決めたというその気持ちはわかるが、なぜマンションを売って頭金にして、三分の一の名義分のローンを払い続けようとしたのか。実際、彼が共同名義はのちに面倒なことが起こる可能性があるから、避けたかったと、今回のやりとりのメールにも書いているのにだ。

姉が建ててくれる家に、彼がいうようにそこをもらって住むのならば、自分は何の出費もせず、マンションを売った金額は手元に残していいはずなのに、そうはしなかった。そこが謎なのである。もともと持ち分がゼロならまだしも、三分の一しか持っていないのに、「もらった」という感覚が変だ。母が私に対していった嘘のつじつまを合わせるために、

「あんたも三分の一くらいは出せ」

といった可能性はあるが、その話は彼からは出なかった。実際は出たのかもしれないが、それを話すと、自分も家が欲しかったのがばれるからいわなかったのかもしれない。家なんか欲しくなかったといっていながら、ちゃっかりそのラインに参加している。いやだったら、

「マンションを買ったばかりだから、自分はここに住む。お母さんもここに来れば」といえばいいだけの話だ。母からの嘘の話を聞いて、マンションよりも戸建てのほうがいい、それも広くて自分がお金を出さなくてもいいとなったら、これはラッキーと住み替えたのではないか。のちに母と同居するためだと、私に月々九万円の援助金を振り込ませていたのだから。そして私から、自分のこれまでの態度を突っ込まれて反論できず、自分は関係ない、家なんか欲しくなかったといい張っている。

「欲しくなかったのなら、その家に住み続けるな！」

である。

私のいい分に負けると、お金を払わなくちゃならず、とにかく彼は人のお金を使うのは平気だが、自分の金を使うのは死ぬほどいやという性格で、私が返却して欲しいと、まとまった金額を提示したので、屁理屈《へりくつ》をいい続けても断固阻止しなくてはならない。といったところだろうか。私の感覚ではどちらにしても変ないいぐさだった。

母の嘘と、私がその家に一緒に住まないことで、自分たちがもらったと解釈しているらしいが、法律的にも私が三分の二の名義を所有しているのは事実である。いくら彼が「もらった」といっても、実家は百パーセント彼のものではない。いくら説明しても、子どものように、「もらった、もらった」といい続けて、まったく聞く耳を持たない。国立大学で電子工学を勉強し、会社では部下もいるであろう、還暦間近の人間がと情けなくなってきた。

以降、私からの返金の提案について、話し合おうともせず、「恐喝」とまでいわれたので、一対一でやりとりするには、限界があるような気がしてきた。悩み続けたあげく、最初に弟にメールを送ってから三年経過していた。インターネットで調べてみると、現在は共同名義であっても、相手の承諾なしに、名義分が第三者に売却できるとわかった。弟に、

「あまりに私の申し出を無視して、話に応じないとなると、最終的にこのような手段に出なければならない」

と連絡した。すると彼も調べたらしく、そういう現状があることは理解したらしい。

「業者が買い取るのは、それを使ってその後、利益を得るための活動をするためなので、住んでいる自分に対して何もしないことはないはず。もう少しきちんと調べてください」

などといってきた。とにかくマウントを取ろうとしてくるのだ。

(なんだよ、偉そうに)

とまたむっとしながら、「もらった」感覚のままではいられないよという念押しにはなったはずだった。

しかし相変わらず話は通じなかった。最初に母から援助してやってくれといわれた

話を蒸し返し、

「援助とはいったいどういうことなのか。サラリーマンの自分が返済できない金額を、一旦《いったん》肩代わりしておいて、あとから返させるつもりだったのか。自分がこの家を自分のものにするにしろ、売却して引っ越すにしろ、またかなりの金額の追加の出費が必要になるので、全然、援助になりませんが。迷惑な話です全く」

「恐喝」「迷惑」。私が一生懸命働いてきた結果、そのようにいわれるなんて、本当に情けなかった。ただだんだん自分が不利になってきたので、嫌みをいってきたのに違いない。迷惑ならば出て行けばいいのに、身内を排除してまで居座っている。九万円の件も、忘れたといって、私が嘘をついたかのようにいっていた。調べて欲しいといったら、

「今までの通帳は全部取ってあるから、調べられる」

といったことに驚いた。仕事が金融関係や経営者ならば、そういう人もいるかもしれないが、昔からの通帳を全部取っている人なんているのだろうか。そんなにお金に執着があるのかとあらためてびっくりしたのである。私は彼よりも記憶力はいいし、嘘をついていない自信があるので、返信を待っていたら、いつもと違う下手に出たメールがきた。

「返信が遅くなってしまいました。月々九万円の振り込みを確認しました」

とあった。

（ほらみろ、当たり前だ）

添付してあった通帳の画像には、はっきりと毎月九万円の振り込みが記載されていた。その金額はいったいどこに消えたのかは、もう面倒くさいので突っ込まなかった。しかし詫《わ》びる言葉も一切なく、彼の態度はまったく変わらなかった。

ほとんど不毛なやりとりをしながら、これはどういう立場の人に相談したらいいのだろうかと考え続けていたら、鏡を見ると、私の顔はその大嫌いな弟の顔にそっくりになっていて、心からうんざりした。家庭裁判所か、他にもどこかあるのか。しかし家裁はスムーズに裁判が進むわけではなく、おまけに基本的に身内の問題なので、それほど親身になってくれるわけでもなく、何年にも亘《わた》る場合があるという。

決着し絶縁

　こんなくだらないことを、これから何年も悩み続けるのはいやなので、友だちに相談してみた。すると彼女は、

「そんなひどい話はないわよ。それだけのお金を払わされて、実家に自由に出入りできないうえに、そんなふうにいわれるなんて、信じられない」

　と怒っていた。

「私がいくらいってもだめなので、たとえば裁判できっちりと他人から叱ってもらったほうがいいと思ったんだけど」

　というと、彼女は、

「時間がかかるし、そういう人は何をいっても無駄よ。だって最初の話から三年もかかって何も進展してないんでしょう。どっちみち土地家屋の名義を移すときには、間に不動産業者が入らないといけないから、私が懇意にしている業者さんを紹介してあげる。心配しないで」

　といってくれた。

夏の日、彼女が付き添ってくれて、不動産会社に出向いた。彼女の担当のKさんだけではなく、社長まで話に加わってくれた。弟は、私がすべてにおいて嘘をついているといい続けているのだと経緯を説明すると、

「黙って結婚なさっているという可能性はないですか」

と聞かれた。

「それはないはずです。女の人に好かれるタイプではないので」

「ああ、そうですか」

以前、同じように揉《も》めたときに、そういったケースがあったのだろう。

「身内での売買の場合、そのまま成立すればいいのですが、相手の方が承諾しなくても、第三者に売ることはできます」

Kさんが説明してくれたので、つい私は、

「最悪の場合はそうしたいのですが」

と前のめりになると、彼らは、

「うーん、できればお身内のなかで売買を成立させたほうがいいと思いますので、そのようにできるように努力いたします」

という。第三者に売るのは避けたほうがいいというニュアンスだった。社長は、

「こういうタイプは、だらだらしないで、一気に話を進めた方がいいので、なるべく

早くやったほうがいいです。支払いも分割ではなく一括でね」

とアドバイスしてくださった。

「土地評価が下がっているのはわかっていますので、私が支払った金額すべてが戻ってくるとは考えていません。今の状態が本当に中途半端な状態なので、私の名義の分を支払って欲しいというだけです」

私がそう話すと、

「そのほうが弟さんのためにもいいと思います」

社長とKさんがうなずいた。社長は、

「すぐにやってさしあげて」

とKさんに指示してくれた。私はほっとして家に帰った。

翌日すぐ、

「ご実家に行ってまいりました」

とKさんからメールに画像が添付されて送られてきた。

「現地を視察した限りでは、乗用車とミニバイク、自転車が一台ある程度で、その他、特に不審な点は見受けられませんでした。おそらく単身で暮らしておられると思われます」

私は、

「すごい、この行動力」

　と感服しながら、

「不審な点は見受けられない」

　というくだりでちょっと笑ってしまった。不動産会社に報酬が入るとはいえ、都心の会社から遠路、実家までいっていただいて申し訳なかった。まずKさんは弟に送るための、現在の実家の評価などが記載された書類を作ってくれた。それを基に話を進めていくという。私は弟に、

「私の三分の二の名義分の件だけれども、代理として不動産会社のKさんにお願いしたので、今後は彼と話をしてください」

　とメールを送った。しばらくして書類を見たらしい弟から返信があった。専門家が作った書類ではなく、自分が調べたインターネットでの図表などを添付し、不動産のプロが作成した書類に対して、素人の弟が、

「この書類の金額は間違っているのではないか」

　という。どうしてもこちら側が正しくないといいたいらしい。そのうえ、

「現在は底値だが、東京オリンピックが終わったら値上がりするはずだ」

　と私見を述べ、最後に、

「三分の二の持ち分を売却する話を、こういう時期にするので、変な人だなと思って

メールを読んでいました」

と書いてきた。

「はあ？」

何度この言葉を発したことだろう。私が彼を変な人と思っているのと同様に、彼も私をそう思っている。まったく話がかみ合わないので、そうなるのかもしれないが。だいたいこの三年間に亘る状況を他人事《ひとごと》としか捉《とら》えていないところが恐ろしい。私は家を売って儲《もう》けたいために、この話をしているのではない。あんたと縁を切りたいためにやっているのだという現実を、まったく認識していないのには驚かされた。つまり弟はとにかく「儲ける」ということしか頭にないのだ。それにあの場所がこれから値上がりするとはとても考えられず、以前、彼がFXで損をしたといっていた話を思い出し、こんな目先のきかない人間がやっているのだから、損するのも当たり前だと思った。

Kさんが弟に会うために、まず手紙を書いてくださった。その後、

「お手紙をお送りして、併せて何度かお電話をしておりますが出られず、留守電にも応答がございませんので、しばらく様子を見まして、また訪問するなど方法を考えたいと思っております」

とメールが届いた。弟からの様子を見ている間、Kさんから持ち分移転の概要をま

とめたものが届き、現在の査定からすると、私の持ち分は千六百三十三万円になる。今後私が支払った金額の二十二パーセントほどだが、それも仕方がないと納得した。今後はその金額を提示して、話をすすめるとのことだった。

弟がKさんからの手紙、電話等に反応を示さないのは、不動産のプロが間に入ることによって、話が進むのを怖れているからだろう。自分のいい分が正しいと思っているのならば、堂々とそれを説明すればいいのに、それができないというのは、彼自身、うしろめたい気持ちがあるのに違いない。このままずっと無視し続けるのであれば、業者さんに買っていただく方法もありかと考えているというと、Kさんは、

「弟様にとりましても、親族間で売買できたほうが望ましいと思いますので、まずは接触できるように動いてみます」

と再びいってくれた。

このとき第三者の買い取り業者は、どのようなことをするのか、私はよく知らなかった。Kさんが所属する不動産会社を紹介してくれた友だちによると、いろいろな業者がいるとは思うが、たとえば私が業者に持ち分を買い取ってもらい、業者が三分の二の持ち分を取得すると、残りの三分の一を入手するために、いろいろな手を尽くすのだそうだ。なかには残りの持ち分を所有する人に対して、圧力をかけてくる場合もあるという。家に住み続けたいのであれば、その分の家賃を払い続けろと相手に迫り

続けたケースもあったらしい。私は、この一連の件については、あまりに弟の態度がひどすぎて腹が立っていたので、奴なんかどうなってもよい気持ちになっていた。少しは社会的に痛い目に遭ったほうがいいのではないかとも考えていた。しかしKさんとしては、とにかく親族間で穏便に、を優先して動いてくださっているようだった。弟はKさんには連絡をしないまま、私にメールを送ってきた。その内容はほとんど過去のメールの蒸し返しで、

「自分をこの家から追い出そうとしているんだろう」

という恨み言だった。家なんか欲しくないといっていたくせに、家に住み続けたいようで、いっていることが支離滅裂だなと呆《あき》れながら、私はそれらのメールを無視し続け、そのたびにメールがきた旨をKさんに連絡しておいた。

「私のほうには弟様からは一度もご連絡をいただいておりませんが、お姉様に連絡されたということは、今までの手紙や留守電は確認されていたのかと思われます。またお手紙を出して様子をうかがってみたいと思います」

直接Kさんにいえないものだから、何とかそれをやめさせようと、私に嫌みのメールを送ってくる。月々九万円の振り込みに関しても、通帳に記録が残っていて、そのときに弟も納得して認めたはずなのに、その話も蒸し返し、

「これ会社からの給料の振り込みじゃないですか。何いってるの？？？」

とわけのわからないメールを送ってきた。勤めている会社からの給料の振り込みは、毎月、決まった日にちに記載されている。金額ももちろん私が振り込んだ九万円よりも高い。そして私のほうは毎月ではあるが、振り込んだ日はまちまちで定まっていない。だいたい毎月の給料が、別々に振り込まれていること自体、会社員としてまずいのではないか。そんなこともわからないくらい彼は混乱し、何とかしてこの話を阻止しようとしてきたのだろう。それには、

「それならどうして、振り込みがあったとわかったときに、これは給料だと反論しなかったのですか。この時期だけにしか支払われない給料なんですか。こちらの落ち度を探しているのでしょうが、Kさんと会うのがいやなら、Kさん本人にその旨、連絡してください」

と返信したら、何もいってこなかった。弟も自分の立場が悪いとわかっているのだから、それならそれで話し合いに応じればいいのに、意地を張るからこんなことになってしまうのだ。

最初は弟が持ち分の買い取りについて最後まで承諾しなかったら、業者に売ることも考えていたが、それはやめることにした。彼に対する温情などではなく、これほど第三者の手を借りても、我を張って屁理屈《へりくつ》をいい続けて認めない人間を、相手にするのがばかばかしくなってきたからだった。

（そんなに実の姉に対して暴言を吐いてまで、その家が欲しいんだったら、お前にそのままくれてやる）

私はKさんに、

「弟がこの件に関して承諾しなかった場合、業者に売るのはやめました。ただこちらが引き下がったと、彼が勘違いするとよくないので、今すぐではないけれども、いずれは業者さんに売ることも考えていると釘《くぎ》を刺しておいたほうがいいのではないかと思いました。どのような態度に出てくるかわかりませんが、Kさんのほうから、業者さんに売ると、どのようになるかを説明していただくのは可能でしょうか」

と聞くと、彼は業者さんに売った場合、どうなるかを書面にして弟のほうに送ってくれるという。それでどう出てくるかだなあと思っていると、最初にKさんがコンタクトを取ってくれてから一週間後の夜、やっとKさんのスマホのショートメールに、

「ひとつ確認させてください。私は本件に同意していないのですが、それを承知の上でこの話を進めようとされているのでしょうか」

と連絡があった。それに対してKさんが、

「ご連絡ありがとうございます。一方的に進める意向ではなく、あくまでご相談のおうかがいです。少しお時間をいただけましたら、一度ご説明にうかがいますので、よろしくお願いいたします」

そう返信をしたものの、返事はなかったという。Kさんからは、弟に送信するメールの内容が送られてきた。

『この件の解決策と問題点として考えられるのは、
一　弟様に譲渡（売却または贈与）↓弟様の協力が必須《ひっす》です。
二　第三者に譲渡（売却）する。↓お姉様単独でお手続き可能です。
三　このまま放置される↓将来的に相続の問題が発生します。』
やはり一がいちばん望ましいので、なかなか弟様とお会いできないようでしたら、あらためてお手紙等でご案内してみます。引き続きよろしくお願いいたします」

こうなるとやっぱり私の分を買い取るのがいちばんいいのにと思いながら、弟の気持ちを測りかねていた。

Kさんの本件の解決策と問題点の手紙を読んだからか、一週間後、弟からKさんのところに、来週だったら時間が取れると連絡があったと知らせてきた。ああ、やっと話し合う気になったかと少しほっとした。が、Kさんが会えるようになったのはいいが、指定してきたのは実家の近くの駅の前で、立ち話程度ならできるといってきたという。

「立ち話でどこまで説得できるかどうかわかりませんが、また状況をご報告いたします」

真冬の夕方の、それも都心よりは気温が低い駅前で立ち話なんて、どうしてそんなひどいことができるのだろうかと再び三たび呆れ、Kさんには、

「立ち話で、とは本当に失礼な態度で、お詫《わ》びいたします」

とメールをお送りしておいた。家に上げるのはもちろん、喫茶店などで話しているとすぐに逃げられないので、とっさに動ける駅の前を指定してきたのに違いない。もうため息しか出てこなかった。Kさんは、

「初対面で警戒されていると思われますので、少ない時間内で、まず弟様のいい分だけでも聞き出せればと思っております」

といってくれた。本当に申し訳なかった。

そしてKさんと弟が会うと、あっさりと持ち分の買い取りを認めた。プロのKさんを前にして「家をもらった」などとはさすがにいえなかったのだ。私と弟だけの間だと、身内だからこその、お互いに対する不満など、個人的感情がわき出てくるけれども、第三者が入ってくれたおかげで、スムーズに話が進んだ。弟があまりにあっけなく承諾したので、激怒して頭から火が噴き出したり、ため息をついた三年間って、いったい何だったのだろうか、自分たちで解決しようとせず、もっとはやく不動産に詳しい第三者に相談すればよかったと思った。

しかし弟は査定分の金額満額を用意することができないといい、支払いを翌年の三

月末にして欲しいと希望をいってきた。売買時に関する諸経費を私が負担し、弟が持ち分取得後に課税される税金を負担するという内容になった。これだと精算も一回で完了するので、弟も納得するだろうとKさんがいっていた。結局、私の手元に戻るのは、実家を建てる際に支払った全金額の七分の一だった。

それでもこれで弟と縁が切れると思ったら、気分がすっきりした。振り込みも直接私の口座に振り込むのは、滞る危険性があるので、Kさんの会社に振り込んで、そこから私の口座に振り込んでもらうようにした。この件で私は弟のことが人として信じられなくなった。向こうも私が嘘をついていると、ずっといい続けているので、同じ気持ちだろうが、これでお互いにいちばん面倒くさいであろう案件から解放されて、よかったのではないか。ただあちらは金をむしりとられて、いい迷惑だと思っているかもしれないが。

ちょうどその頃、前にお願いしていた税理士さんが事務所を閉じてしまったため、新しい税理士事務所にご挨拶《あいさつ》に行き、原稿料や印税とは別に、三月末に弟から、私の持ち分を買い取ったお金が振り込まれるので、とお話をしておいた。すると所長が、

「あー、共同名義はだめです。絶対っていっていいほど、あとで揉《も》めるんですよ。私はいろいろと相談を受ける立場で、裁判所でも証人として何度も話した経験がありますけれど、共同名義だけはやめなさいっていって、いい続けています」

とおっしゃっていた。

身内だからトラブルがあっても、きちんと話し合いができると思っていたが、実際はそうではないとわかって、つくづく、

「身内であっても、人はわからない」

と感じた。まだどういう結論が出るかわからず、顔はどんどん弟にそっくりになっていくし、いやだなあと思っていたときに、周囲の人にそれを話したら、

「うちでもそういうことがあったんですっ」

といった人がいた。今は元気で過ごしているものの、高齢の親御さんが亡くなった後のことを考えて、現在、住んでいる住宅をどうするかという話になり、娘で姉弟《きょうだい》の姉であるその人が自分にも、相続する権利があると考えていたら、知らないうちにすべて弟のものになっていた。彼女がびっくりして、どうしてそんなことをしたのかと聞いたら、

「だってお姉さんは、結婚して他の家の人になっているから、この家の問題には関係ない」

といったのだそうだ。彼女は、

「ふざけるな」

と怒っていた。私やその人のように、そこまでひどい話ではなくても、他にも、

「どうも弟というものは、ちゃっかりしすぎている」

と首を傾げる姉たちが出てきた。私の周囲の人たちの間では、

「姉弟の場合の弟はあぶない」

という話になって、みんなで怒りをぶちまけたのだった。

税金のための書類集め

弟がとりあえずは私の持ち分の買い取りを認めたことで、ここ三年間の難題が解決して、ほっとした後には、身内での不動産売買の書類を集めなくてはならなかった。ここで私はぎょっとした。それらの書類というもののほとんどが、手元にないのである。その原因は、それまでは紙類は何でも取っておいたのだが、あるお片づけで有名な人が、「書類は全捨て」といっていたのを聞いて、ローンを完済した直後に、引き出しの中にあった実家関係の書類を全部捨ててしまった。そこに書いてある桁数《けたすう》の多い数字を見るたびに、むかついたからだった。まさかこんな事態になるとは想定していなかったし、お片づけ専門家の意見も、鵜《う》呑《の》みにしないでほどほどに聞かないとだめだとよくわかった。

ただ土地家屋の権利書は、家が建ってから、いくら母に送ってくれるようにいっても、私のところには届けてもらえなかったので、もともと手元にはない。どう考えても、納得できずにもやもやしたままだった話が、ここまでまとまってきたのに、もしも必要な書類が揃わずに、反古《ほご》になったらどうしようかと、Kさんにこちらの事情をすべて話して相談してみた。

「関係書類については、市区町村によって異なりますので、あまり意識されなくても大丈夫かと思います。ほとんどのものは再取得できるので大丈夫です。ただ権利書だけはそれができないので、司法書士に代替手続きの依頼をして、話を進めさせていただきます。手数料等については最後に諸経費を精算する際で結構です」

そうメールが返ってきて気が楽になった。

私は何もわからないので、Kさんにいわれるがまま、委任状を書いたり、司法書士の方とお目にかかって書類を書く手続きにいったりした。

「本日は、お身内の不動産売買に必要だということで、権利書の代替手続きのためにこちらにうかがっております。権利書をなくされたのですね」

そう聞かれたので、

「いいえ、実家のほうにいくら頼んでも、こちらに送られてこなかったので、探してもらってもないといわれたのです」

私がなくしたのではないところは強調しておいた。面と向かって話をしているのに、本人確認の細かさには驚いた。写真つきのパスポートを本人確認のために持っていったが、その他にも住民票などの書類が必要だ。そして住所、電話番号、生年月日をいわされるのは当然だが、干支《えと》まで聞かれた。それくらい権利書というものは大事なものなのだろう。

その実家のどこにあるのかわからない権利書を作成してもらうのに、司法書士の報酬よりも、登録免許税が意外にかかることも知った。ちゃんとした大人は、結婚したり、出産したり、家を買ったり、子どもが受験をしたりした際に、ひとつずつこういった手続きを踏んできたのだろう。ぼーっとひとりで暮らしてきた私にとっては、あらためて社会の仕組みを知った出来事だった。

三月になって、すでに縁を切った彼からの送金があったと、不動産会社から連絡がきた。そこから仲介手数料を引いてもらったものが、即日、私のところに振り込まれた。送られてきた明細書を見ると、土地代金が九百八十万円、建物代金が百万円となっていた。

「こんなに安くなっちゃったのね」

と正直思ったけれど、私にとっては金額よりも、中途半端に名義を持っている家があること、それに面倒くさい身内がへばりついていることがストレスだったので、お金をもらって面倒なことから解放されると思うと、これで悩みがなくなったとうれしかった。しかし自分たちの持ち物をやりとりするのに、何をするにしても税金がついてまわるのが、どうも納得できなかった。

税金は確定申告にも影響してくる。家の持ち分を売ったときに、売買した金額につ

いて、申告するのかそうでないのかと、税務署からおうかがいの葉書が届いた。担当の税理士さんに画像を送ってたずねると、

「基本的には申告をしなくていいと思いますけれど、それには書類が整っていないといけません」

といわれた。

「それはどういった書類ですか」

「契約書、契約金やローンの支払いがわかるものなどですね」

持ち分の売買に関するものは、Kさんに書類を揃えていただいたが、引き出しの中にあった実家のお金関係のものは、間違いなく私が捨てている。とりあえず何であっても、実家関係の紙類がありそうな場所を全部ひっくり返してみた。

すると全部ではないが、ローンの最後のほうの金額の記帳がしてある通帳と、何だかわからない、抵当権設定契約書、抵当権設定契約解除証書、登記完了証、権利部（甲区）、権利部（乙区）、共同担保目録などという項目があり、それらに私の住所と名前が記載されている書類などが出てきたので、それを税理士さんに送ったのだけれど、

「これだけでは税務署からのお調べがあったときに、説得力に欠けます」

といわれてしまった。

「全部ではなく一部ですが、通帳にローンを支払った記載があってもだめですか」

「そうですね。難しいと思います」

物書きは収入をごまかすことができない。仕事をした出版社が明細を送ってくれるし、私は現金で報酬を渡されるような仕事もしていない。あとは収入と経費の比率が問題になるのだけれど、本や文房具、パソコン周辺のあれこれを購入するのもたかが知れているし、あとは家賃くらいだろうか。税務調査が入ったとしても、特に突っつかれるところはないはずなのだ。

今は違うのかもしれないが、若い頃に税務調査を受けた経験として、職員の私には屁理屈《へりくつ》といえる判断と、経費を認めないことによる、差額分にかかる重加算税の高額さなど、時間も取られるし、不愉快にもなるし、本当にあれは避けたかった。来るかもしれないけれど、来ないかも知れない。でも来た場合に、また屁理屈をいわれて、

「売買分を計上してないですね」

ということになり、また重加算税だの何だのといわれると、本当に疲れる。書類が整っていないと税理士にいわれたので、私はこの分を計上して申告することにした。もちろん所得税もかかってくるので、私の手元に残る金額は目減りする。

「もう、どうでもいい、何とでもなれ」

やけくそになって送金があった分を含めて申告を済ませ、送られてきた明細書に従

って税金を支払った。

「とても損をした気持ちになるけど、まあいいか」

私の人生はこんなものなのだろうと、すでにローンはないし、資産と縁がなくなって、考えなくてはならないことが減ったのが何よりだった。

生命保険解約

　ほっとした気分で過ごしていたある日、インターホンが鳴り、地域の郵便局の保険担当という男性がやってきた。いちおうオートロックを解除したものの、内心、しまったと思った。うちは郵便物が多いし、かんぽ保険にも入っていた。しかし嘘をついてオートロックを解除させようとする輩《やから》もいるので、ドアスコープから様子をうかがっていた。

　やってきたのは制服をきて、IDカードを首から提げた、間違いなく郵便局員の五十代に見える男性だった。私がドアを開けたとたん、

「突然、すみません。はい、これどうぞ」

と郵便局のポケットティッシュを一個手渡してきた。

「えっ、はあ」

といいながら、突き出されたものを受け取るしかなかった。一般企業のセールスだったらまだわかるのだが、本局の人がくる用事って、いったい何なのだろうかと、

「ご用件は何でしょうか」

と聞いた。すると、

「そうですね、うーん、あのう、うーん」

とはっきりしない。こちらは何の用事かを知りたいのに、いつまで経っても、

「うーん、あのう、うーん」

を繰り返している。いったい何なんだこの人はと思い、むっとして、

「今、私は仕事をしているので、時間が取れないのです。お話があるのでしたら、手短にいっていただけませんか」

と早口でいうと、彼は、

「保険に入られていましたよね」

といった。たしかにかんぽ保険に入っていた。近所の郵便局には頻繁に通っていたのだが、そこの職員の女性に勧誘されて、いつもお世話になっているからなあと、うんと返事をしてしまったのだった。そのときに一括で何百万か払うコースを、当然のように勧めてきたのだけれど、

「そんなお金はないので、月々の支払いにしてください」

といって契約を変えてもらったのだった。

毎月、結構な金額を支払い、それが満期になっていて、受取人を指定する欄があるのだが、ちょうど家を建てる話が出たときと重なり、弟の態度が気にくわなかったの

で、受取人の欄は空欄にしたままで、ずっと放置していた。年に二回、保険の書類が送られてきていたのだけれど、毎回、受取人の欄が空欄なのを指摘されて、そこを記入するようにとしつこくいってきていた。

「はい、すでに払い終わっていますけど」

「そうですよね、ご利用いただきありがとうございました」

彼はぺこりと頭を下げた。いちいち時間を取るので、面倒くさいなあと思いつつ、また彼が黙ってしまったので、

「あのう、先ほど申し上げたように、仕事中なのです。お話があるのでしたら、手短にお願いします」

といらと、やっと彼は、

「お入りいただいた保険は、入院してから一週間は保険金がおりないことになっているのですが、今は昔と違って、なるべく早く病院から退院させるようなシステムになっていまして、そうなるとこの保険では補えない部分がありまして……」

だらだらと話も長い。そこで私は彼が黙ったすきに、

「私の質問に、答える形にしていただいていいですか。今日、いらしたのは、これまでの保険では補えない日にちの部分を補塡《ほてん》するために、また別の保険に入れというこ となのでしょうか」

「えー、はい、そうです」

「ということは、新しい保険の勧誘にいらしたということですね」

「はい」

「わかりました。私はその気はありません。それとおうかがいしたいことがあるのですが、現在、保険金の受取人を決めていないのですが、私が亡くなった場合、それを寄付することはできますか」

「いやあ、それはできないんですよね」

彼の話によると、どこまでも血縁をたどっていき、その人のところに渡されるのだそうだ。

「そうですか、わかりました。ありがとうございます。私のほうは他にお聞きしたいことはないのですが、何かありますでしょうか」

「いえ、ありません。失礼しました」

彼は帰っていった。

ドアを閉めてから、

(そうだ、保険もまとまった金額になっているし、私は陰気でケチな元弟である彼よりも、長生きする自信はあるが、これ以上、奴に金銭を渡すのは絶対にいやだ)

と首を横に振った。しかし寄付ができないとなると、これは自分で使っちゃうしかないなと、保険の解約に動きはじめた。

ちょうどそのとき、かんぽ関係は不祥事が続いていて、きっと郵便局は弱っていて強く出られないはずなのだ。攻めるなら今しかないと、近所の郵便局に行って、窓口の中年女性に、

「保険を解約したいのですが」

と話した、すると彼女はびっくりした顔をして、

「えっ、何か不手際がございましたか」

と小声で聞いてきた。世間であれこれ報道されているので、私がそれに関係したのではないかと感じたらしい。

「いいえ、そうではないのですが、先日、保険のセールスに本局の方がいらして、お話をうかがったのですが、このままにしておいても仕方がないと思って、解約することにしました」

と保険の証書を見せた。

「こんなにいい保険を……、まあ、もったいない」

「いい保険」っていったい何なんだと思いながら、沈鬱《ちんうつ》な表情になった彼女を見ていた。そして、

「あのう、人生百年時代と申しまして……」

とコマーシャルで使われるような言葉をいいはじめた。自分の言葉で対応できない人はだめだと思い、

「解約のための書類をお願いできますか」

と自分のいいたいことだけをいい、もごもごとした、彼女のあとの説明がどういう内容かは聞かないことにした。

書類はすぐに整えられ、

「お気持ちが変わられることがあるようでしたら、一定期間内でしたら解約の中止ができます。またこういうことがありますと、他の保険に入れない可能性もありますので」

といいながら彼女が渡してくれた。

「わかりました。ありがとうございました」

それを受け取って記入し、二日後、書類を揃えて同じ郵便局に行くと、窓口には先日とは別の若い女性がいた。また悲しそうな表情で、引き留めるような言葉をいわれるかと構えていたが彼女は、ざっと書類を眺めた後、ああ、はいはいといった雰囲気で、あっさりと受け取ってくれた。あとは銀行への振り込みを待つだけだった。

通帳は二十四歳のときに就職した「本の雑誌社」にいるときから、給与振り込み用として使っている銀行と、ローンの際に契約した、現在は貯金用にしている銀行と、

昔から使っていたゆうちょ銀行の、合計三行のものを持っていたが、歳を取って三通もいらないだろうと、ゆうちょ銀行にあった、多くもないすべての金額を引き出して、他の銀行に移した。ふだん使っているのは二行だけになった。

後日、解約した保険金が貯金用の口座に振り込まれた。これで陰気でケチな弟に、保険金が渡ることも、受取人の心配もしなくてよくなった。人間、いろいろなものを抱え込んでいると、悩むことが多くなるのがよくわかった。

その保険金は特に使うあてもなく、銀行口座にそのまま置いていたが、あるとき呉服店を営んでいる着物スタイリストの友だちが、業者用の夏物の展示会に誘ってくれた。変化のなさそうな呉服業界でも、毎年、新しいものが発売され、流行になるものはあるのである。会場に展示してあった、迷彩柄の反物はすべて売り切れになっていた。製作する反物の数が決まっているため、予約分がそれに達すると売り切れということになるのだそうだ。在庫には税金がかかるし、呉服業界も売れ行きが芳しくないので、毎年、売り切るようにしているのかもしれない。

こういう男女関係なく着られる柄に人気があるのかと興味深く見ていると、彼女と顔見知りの生産者さんがやってきた。手には箱を持っていて、

「もう作れないものなのだけど」

とおっしゃる。私はこれまで、呉服店などにいって、「もう作れないもの」をどれ

だけ見たかわからない。内心、

（そんなことはないだろう）

と思っていたのだが、その後のことをいろいろと考えてみると、呉服の場合は、それがセールス用の言葉ではないのが、よくわかっていた。職人さんの数は減り、機屋さんが廃業したり、まず使っている道具を直す職人さんがいなくなったりしている。手がかかったものは本当に少なくなり、着るものなので、その人の好みが最優先ではあるのだけれど、手がかかっていて、見て、「すごい」となるようなものは、ほとんど見られなくなってしまった。

特に私は柄付けなどで、技巧が駆使できる訪問着や小紋などの柔らかものは、見るのは好きだが自分で着るにはあまり興味がない。織の紬《つむぎ》の着物が好きなので、端から見たらただの地味な着物なのだけれど、そこに職人さんの手が、丁寧にかけてあるものが好きなのだ。そして「もう作れないもの」という言葉を聞くと、胸がどきどきしてしまうのである。どんなものかという期待と、気に入って買うことになったらどうしようという不安である。

箱の中から出てきたのは、何の色にも染めていない、越後《えちご》上布の反物だった。何年かぶりに二反だけ織ったのだそうだ。生成り色一色でとても美しい。一緒にいた着物のプロの友だちも、

「よく出てきましたね。もう作れないと思ってた」

と感心していた。彼女は昔、同じものを買っていて、夏場にとても重宝しているという。私も彼女がその着物を着ているのを何度も見た。私は藍《あい》染めの越後上布は、お世話になっていたデパートの担当の方に、手に入らなくなるから、

「絶対にこれは買っておいて」

といわれて自分で買ったものと、後日、母に買わされて結果的に私のところに戻ってきたものと、二枚持っている。夏の着物は透けるのが気になって、つい濃い色のものが多くなってしまうのだが、夏にすっきりした生成り色というのもいいなあと思った。とにかく布がとても美しい。

「これだと帯合わせも迷わなくていいから楽なのよ」

彼女がいった言葉に、

「そうだよね」

とうなずいた。これだったら礼装に締めるものや金銀が使われている帯以外、何でも使える。友だちが、これはいくらになるのかと聞いてくれた。すると二人は電卓を間に置いて、あれこれ話し合っていたが、

「この値段にしてくださるって」

と私の前で電卓を見せた。その金額は保険金を解約した金額とほぼ同額だったので、

その場で、

「いただきます」

といってしまった。友だちも、

「これは絶対にいいわよ。本当にもう手に入らなくなるから」

と喜んでくれた。帰り道、電車に乗りながら、本当に私って貯蓄能力がないよなあとつぶやいた。その金額を稼げといわれたら、必死にがんばらないと難しいのに、ぱっと買ってしまった。四十代の頃は仕事をして着物を買っていたが、

(将来、着物だけはたくさん持っているホームレスになっているかも)

とちょっとだけ考えたことはあったが、前期高齢者になり、刻々と老人へのカウントダウンがはじまった我が身を思うと、あながち想像だけではなかったかもしれない。しかしまだどうなるかもわからない、これから先の状況を案じても仕方がない。私のなかで、

「これくらいあれば、まあ、何とかなるんじゃないの」

という程度のお金は用意しておくけれど、それでまかなえなくなったら、そのときはそのときで考える。日々の生活を切り詰め、節約してすべて老後に備える。それもまた生き方のひとつかもしれないが、私はそうではない。浪費家ではないけれど、使いたいところには使うのだ。

金銭問題解決

私の仕事は特殊で、定年はないし仕事をいただけて、自分の頭が作動すれば、亡くなる直前まで仕事をすることができる。しかし多くの同年配の会社勤めの人は、退社して仕事をしていない人も多い。勤めていた人は、厚生年金があり、それは国民年金よりも受け取る金額が多くなるので、当時、月々、同じ収入があった私のような個人事業主と比べて、多少恵まれているだろう。しかしそういう人たちでさえ、老後の資金は足りないと感じているようにみえる。

「私はどんなに長生きをしても心配がない」

と胸を張れる人は、ポケットマネーで宇宙旅行に行ける人くらいしかいないのではないかと思う。まったくないのは困るけれど、私から見て、夫婦で厚生年金をもらい、老後の資金があって、安泰だろうと思える人たちでさえ、まだまだ足りないといっている。そこが問題なのだ。働き盛りの頃の生活を維持しようとしたら、収入は目減りするのだから、それは大変だ。子どもがいる人は、彼らから月々少額の小遣い、ではなく援助をしてもらっている人もいるようだ。お互いが納得しているのであれば、それも問題ないだろう。

私が小学生の頃は、遊びに行くと、おじいさん、おばあさんと同居している家もいくつかあったが、うちもそうだったが、核家族と呼ばれる、夫婦と子どもの世帯のほうが多く、当時の同級生の家でも、高齢者と同居している世帯の比率は少なかったと思う。そういった家はだいたい、母親が専業主婦だった。結婚して専業主婦を続け、義理の両親が老いてくると、そのお世話をするというのが、嫁としての定番だった。

団地がたくさん作られるようになると、両親とも働いている家が多くなり、おじいさん、おばあさんの姿はなくなっていた。徐々に家族の形が変わりつつあったのだけれど、多くの大人の考えの根底にあったのは、

「結婚して子どもを産んで、子どもがそだち上がった後は、老いた親の面倒を見る」

というルートだった。そしてそれに女性たちは従っていたのである。同級生のなかにも、

「おばあちゃんが住むことになった」

といっていた子がいて、子ども部屋で一緒に寝るようになるかもしれないと困っていた。団地は基本的に核家族用に作られたものなので、子ども部屋、夫婦の部屋、ダイニングキッチンといった造りになっていた。まさか夫婦の部屋で高齢の親が一緒に寝るわけにもいかないので、子ども部屋がおばあちゃんの部屋にもなる。せっかく自

分ときょうだいの部屋が持てたのに、そこにおじいちゃん、おばあちゃんが加わると、彼らが好きであっても、子どもなりに暮らし難くなるのだ。

ある時期は核家族であっても、よそに住んでいた両親が老いてくると、引き取らざるを得なくなった。老人ホームに親をいれるなんて、親不孝者という考えの人がいて、そういう環境での共働きのお母さんに対しては、風当たりがとても強かった。働いている暇があったら、親の面倒を見ろという圧力である。

近所のおばさんたちでも、私に、

「結婚して子どもを産むのが女のいちばんの幸せだ」

という人が多かった。そしてはっきりと口ではいわないが、

「その後は老いた親の面倒をよろしく」

といったニュアンスがもれなくついてきていた。両親が不仲だったため、子どもの頃から結婚に疑問を持っていた私は、ここで頑《かたく》なにそう信じているおばさんたちに反論しても、また面倒なことになると黙って聞いていた。私が大学を受験するときでさえ、

「大学なんかに通っていたら、婚期が遅れるからやめたほうがいい。短大くらいがちょうどいい」

と真顔でいってきた人もいたくらいである。幸い、うちの両親は不仲ではあったが、

子どもに関しては、自分の好きなようにすればよいというタイプだったので、親からのプレッシャーがなかったのは幸いだった。しかし「その後は老いた親をよろしく」はくっついてきて、母親に相当額のお金をむしり取られたが。

未婚で女性が働くこともあまりいいふうにはとらえられず、また既婚で女性が働くことも、よいこととはとらえられていなかった。夫が病弱で働けないとか、家が商売をやって手伝っているとかならともかく、妻が外で働くのは、夫の給料が少ないのを公言しているのと同様で、夫の顔に泥を塗る行為といわれていた。つまり未婚でも既婚でも、女性が社会に出て働くのは歓迎されていなかった。

そしてそれからずいぶん経って、女性が社会に出て働くのが、白い目で見られなくなるようになった頃から、

「女性が結婚する気がないのだったら、マンションを買いましょう。老後のために住む家だけは確保したほうがよい」

という風潮になり、家族向きではない、女性が好きそうな、洒落《しゃれ》た造りのマンションが増えてきた。私は古い日本の女性が歩むべき女の道からはもともとはずれ、新しい価値観が出てきたそんな世の中が勧めてくる、ひとりぐらし女性の安心できる生活ラインからもはずれていた。

もちろん世の中の女性全員が働けばいいわけでもなく、人それぞれが自分で選択を

すればいいだけである。働きたい人は働けばいいし、家にいたい人はそうすればいい。当人と家族が納得していれば、他人が口を挟むことはない。ただやはり自分が働いていないと、将来に不安を持つ人もいるようだ。

最近は私よりも年長と思われる女性が、道路工事の際の案内や、ビルの掃除などで働いているのをよく見かけるようになった。暑い日、寒い日、工事現場の横に立ち、

「ご迷惑をおかけします。足元、お気をつけください」

などと案内をするのも大変だろうなと思うけれど、彼女たちには働く必要があるのだ。生活のためかもしれないし、体が動くうちは働きたいという気持ちなのかもしれない。私が想像しているよりも、高齢になって働いている人は結構、多いのだ。

仕事をするのをやめ、ずっと家にいる人は、周囲に同年配で働いている人がいると、どうしても気になってしまうようだ。収入がないとどうしても守りの生活になってしまうからだろうか。私はずっと労働者なので、

「あなたは結婚しているのだから、彼が亡くなった後も、何とか生活できるように考えてくれているでしょう。私は誰も何とかしてくれないから、自分でやるしかないけど」

といううと、

「そうね」

ではなく、

「うーん」

と黙ってしまう。よそのお宅の内情には余計な口は挟まないが、年に何回か海外旅行にいって、買い物をして、車を買い換えて……など現役のときと同じことをしようとしたら、それは無収入では難しい。収入に応じて生活のサイズを変えられるかどうかがポイントだ。

私が育った家は、お金がどっと入ると大きな家に引っ越し、収入がなくなると小さな家に引っ越すという、そのときの身の丈に合った、やどかり生活だったので、それに慣れている私は、生活を小さくするのに抵抗はないし、まったく苦にもならない。それよりも狭く、小さくなった新しい生活を楽しみたい。広く大きく、多いだけが幸せではない。それが自分で管理できるのならいいが、前期高齢者になった私には、できないのがよくわかった。

見栄《みえ》を張ったり、周囲の目を気にしすぎたりすると、貧乏に思われるんじゃないかなどという気持ちも湧いてくるかもしれないが、貧乏に思われても、どうってことはないんじゃないか。人の生活を小馬鹿にするような人とは、つき合わずに無視すればいいのである。そしていっそ、

「うちはお金がないの」

といってしまえば気楽になる。

この年齢になると、お金があるから幸せとは限らないということを、よくわかっている。若い頃はお金で何でも解決できると思っていたが、歳を重ねるうちに、ないのならないなりになんとかなると思うようになった。ただそれは前期高齢者である私が、自分ひとりだけを何とかすればいいからという話なので、扶養する人がいる場合とは別の問題だけれど。

このように私は買いたいものはぱっと買ってしまう、将来に備えるよりも日々の生活の楽しみを優先したいタイプなのである。ある俳優がテレビに出演していて、趣味は何ですかと聞かれたときに、

「私には趣味はありません。妻から趣味はお金がかかるので、趣味は持つなといわれています」

と答えているのを聞いて、ええっと驚いた。お金がいちばん大事という人もいるから、それには反論しないけれども、結婚したからといって、それを夫に押しつけるのは、ひどいなあと呆《あき》れたのだった。社会的地位のある夫から、

「勉強のための教科書や辞書は仕方がないけれども、小説やエッセイなどの本を買うのはお金の無駄」

といわれたと嘆いていた、読書好きの妻の話を聞いたのも思い出した。

本当に人の考え方はそれぞれである。趣味は生活を豊かにしてくれるし、人とのつながりも増やしてくれる。どんな趣味であっても、みんな少しずつ上を目指そうと、努力したり勉強したりするのではないか。人として生きる楽しみを封じた結果、貯金が十億円あったとしても、私にとってはそんな人生はとてもつまらない。年金生活で、毎月かつかつだと苦笑していても、趣味を持って楽しくしていれば、そのほうがずっといい、というのが私の考え方である。なので、と胸を張ってもしょうがないが、私の生活ではお金は貯まらないしくみになっているのだ。

私がそういう考えでいられるのも、仕事があるからだろう。仕事がなくなったら、私の生活は終了である。そうなると今の場所に住むのは難しくなるので、国民年金程度でまかなえる家賃のところを日本のどこかに探して住む。私が生きている限り年金は支払われるので、未払いになる心配はない。着るものを着物限定にしてしまえば問題ないし、ささやかな貯蓄が生活費となる。そういう状況になったら、またそのときに考える。

その一歩として、私は二〇二一年に、二十七年住んでいたマンションから、家賃も広さも三分の二の部屋に引っ越した。荷物を減らす第一歩として、器を小さくすることにしたのだった。前の住居は私ひとりには十分すぎるほどの3LDKのマンションだったので、使わない部屋があり、そこには本や書類などが山積みになっていた。それをひとつひとつ点検し、捨てるものは捨て、バザーに出すものは出し、を繰り返していたら、ふだんは使っていない、喪服などが掛けてあるクローゼットの隅から、大判のビニールの手提げ袋が出てきた。それは母がアルバムを整理して、そのなかの私の映っている写真を剝《は》がして、送ってきたものだった。アルバムは古くなっているし、かさばるので、写真だけを剝がして送るから、自分で好きなアルバムを買って、それらを貼れというのだった。

送られてきたときも、なかに写真が入っているのはわかっていて、日の当たる場所だと変色すると困るので、クローゼットの奥に置いておいたのだった。そして引っ越しにあたり、クローゼットの中のものをすべて開けて点検してみたら、すでに倒産している実家を建てた住宅会社の封筒に入った、私の名前と住宅会社の振込先が記載されている、手付金の振込用紙、契約書などが出てきたのだった。

「何だ、これは」

写真を送るとは聞いていたが、このような書類を同封するとは聞いていなかった。はじめて知ってびっくりした。私はすぐに税理士さんに連絡を取り、こういった書類が出てきたのだが、申告の修正はできないかとメールをした。

「すぐに書類を送ってください」

といわれたので送った。すると二、三日して、書類を受け取った税理士さんから、

「税務署に修正申告をしたけれども、内容が認められるかどうかはわかりません」

というメールが届いた。もともと手元にあった書類と併せて、これでだめなら仕方がないけれど、いい方向に動けばいいなと考えていた。

そしてふた月ほど経ったある日、私のところに所得税を払い戻すと書類が届いた。修正申告が認められたのだった。税理士さんにすぐメールを送ると、

「修正申告で生じる返金される金額と、差がありましたか」

とたずねられた。税理士さんのところには連絡がなかったらしい。

「計算していただいたのと同じでした」

と返信した。

私の仕事はボーナスがないので、もともとは自分のお金だけれども、それが戻ってくるのはとてもうれしかった。間もなく通帳にお金が振り込まれた。それで終わりかと思っていたら、収入の減額により、過剰に払っていた住民税も戻ってきた。そして年金額も些少《さしょう》だが変わった。引っ越しの物件を探している際、今の室内の天井、壁が漆喰《しっくい》、天然木で造られている家に、入居できるとわかったときの次くらいにうれしかった。これは臨時収入なので、貯蓄用にまわした。私にとっては珍しくぱぱっと使う気にはなれなかった。

すべてのお金の問題が片づいて、あとは自分のこれからの経済をどうするかである。

母のリハビリ病院

　私の母は、特に持病はなかったが、二〇〇八年に脳内出血で倒れた。救急病院の医師からは、レントゲン写真を示され、

「ここの部分に出血の跡がありますけれど、もう出血は止まっていますし、手術の必要はないと思います」

といわれた。いちおうはほっとしたのだが、後遺症として、短期の記憶障害が残る可能性があるとのことだった。

　すぐに入院に必要なものを買い揃えて、病院に届けなければと、弟と手分けをして準備をはじめた。

「これからデパートに行って、肌着や寝巻きを用意してくる」

　といったら、弟に、

「百均で買え」

　と怒られた。私は百均には買い物に行った経験はあるが、そこに肌着類や寝巻きがあるかどうかは知らなかった。私としては少しでも母の入院生活が快適になればと、

肌触りのよい肌着とかパジャマを選んであげたかったのだが、彼の考えは違うらしかった。ここで考え方の違いについて喧嘩《けんか》してもしょうがないので、

「わかりました。それでは病院の駅前の百均や安売り店で買いますよっ」

とできるだけ嫌みったらしくいってやって、その場で別れた。

仕事が忙しかったこともあり、買い揃えた必要なものを弟のところに送った。比較的早くICUから出られ、一般病棟に移った母を見舞いにいった。すると看護師さんが私を見て、

「ほら、お待ちかねの方がいらしたわよ」

といってくれた。すると母はじっと私の顔を見た後、

「知らない」

と首を傾げた。それを聞いた看護師さんが驚いた様子で、

「ええっ、そんなことはないでしょう」

とそばでいってくれたのだが、倒れてからはじめて会った私を、母は認知できなかったのだ。私としてはそれまでのわだかまりもあり、といっても、このときはまだ実家を建てたときの顚末《てんまつ》についてはは知らなかったわけで、これまでの母の私の懐を当てにした贅沢《ぜいたく》な買い物三昧《ざんまい》に関してのみの話である。自分の親だが、私を思い出さなくてもいい、逆にそのほうが気楽かもしれないとも思った。短期の記憶障害どころか、

根本的に忘れてるじゃないかとは思ったが。

二度目に母を見舞いに行くと、私の顔を見るなり、

「ああ、おねえちゃん」

と声をかけてきた。少し記憶が戻ってきたようだった。

「この前、来たときに、私のこと知らないっていったわよ」

「あら、やだ、そんなことがあるわけないじゃないの。母親が自分が産んだ子を忘れるわけないでしょ」

と母は笑っていたが、彼女の会話の内容は変だった。ずいぶん前に亡くなった自分の母親や長兄が、二人一緒に見舞いに来てくれたといい、昨日はみんなで山梨県までバス旅行をしたという。もちろんそれは妄想であり、私は、

「ああ、そうなの、それはよかったね」

と相づちを打つしかなかった。

病院まで往復二時間以上かかる帰りの電車に乗りながら、

(さて、今後どうなるのだろうか)

と考えた。私の顔を思い出したのは、まずはよかったけれど、話すのはとんちんかんな内容ばかりである。今後、彼女がどんな状態になるのかは予測がつかなかった。

「介護」という言葉が身に迫ってきたのである。

その後、順調に回復して、退院のめどもついた。幸い、医師からは、言語、運動機能には障害はないものの、短期の記憶障害の状態を改善して、社会復帰をするために、リハビリ病院に転院する必要があるといわれた。脳内出血の後遺症として、体に不自由が出てきたり、言葉が思うようにでなかったりという話はよく聞くけれども、母の場合は、一切、それがなかったのは、運がよかったからだろう。介護に関係するリハビリ病院などに入るのは大変だと聞いていたので、看護部長に、

「現在の母の状態で、入れるような病院はあるのでしょうか」

とたずねた。すると彼は、

「お母さんの状態なら九十パーセント以上、問題なく入れます」

といった。

「退院できるのはいいのですが、リハビリ病院に入るまでにタイムラグがあると、こちらで一時的に引き取る必要がありますよね。その点はどうなのでしょうか」

とたずねると、彼は、

「退院、入院の日にちについては、こちらで調整しますので、問題はないです。お母さんの病状に合いそうなところを、いくつか探していますので、決まりましたらお知らせします」

といってくれた。今はどうだかわからないけれど、当時、実家を建てた自治体は、

老人への対応が都内の自治体よりも手厚く、新設された施設も多くて、話に聞いているような、施設に入所できなくてあわてるという問題は起こっていないようだった。

また医師からの話で、母の性格から考えると、いったん家に戻ると、また病院に入院させるのが難しそうなので、退院したその日にリハビリ病院に直行して入院するほうがよいという。その段取りは、看護部長の先生がいった通り、救急病院とリハビリ病院が相談して日にちを決定してくれた。病院代は弟が何もいわないので、すべて私が払うことになった。詳細な金額は覚えていないのだけれど、とりあえず銀行からまとまった金額を下ろしておいたのだが、金額をいわれて、一日分だと思っていた金額が、費用全額とわかり、想像していた以上に安くてそれには驚いた。うちの家族は大人になってから誰も入院した経験がないので、そういったことにはとても疎いのである。

弟の運転する車でリハビリ病院に行く車の中でも、母は相変わらず変だった。長兄の妻である義姉が、山田うどんの店長と浮気しているとか、もちろんそれも妄想だし、理解できないとっぴょうしもない事柄を、次から次へと話しはじめる。周囲の人からは、高齢者が入院すると、一時期、ちょっとおかしくなると聞いていたので、私は、

（これがそういうことか）

とわかったのだが、弟は車を運転しながら、背中を丸めてため息しかつかない。そ

の姿を見ては、

（もっとしゃきっとしろよ、しゃきっと）

と腹の中でどやしつけつつ、それにしてもこの変な発言が今だけならいいけれど、延々と続くとなると、これはまずいなあと困ったのは事実である。

病院を出てそのまま家に帰れると思っていた母は、別の病院の待合室に連れていかれて、明らかに機嫌が悪くなった。弟が窓口で手続きをしている間、

「私はあの子に騙《だま》された」

と私に弟に対しての恨みごとをいっていた。何を騙されたのかとたずねると、

「あの子はどこも悪くない私を病院に入れて、家を全部自分のものにしようとしている」

という。そこで、

「そうかもしれないね」

などといって、この場でますます不愉快になられるとまずいので、

「そんなことはないと思うよ」

ととりあえずなだめておいた。

突然、母がこのような状態になり、自分で銀行口座を管理できなくなったので、弟との話し合いで、彼を後見人にして、お金の管理をまかせることにした。私は彼女の

口座にいくらあるかは知らないけれど、以前、月々四十万円ずつ生活費を振り込んでいたとき、何年か経って、

「おねえちゃんのおかげで、たくさん貯金ができました」

といったのは覚えていた。母が持っているお金を、のちのち私たちが相続しても知れているので、彼女が生きている間は年金も支払われるわけだし、母の口座にあるお金は、母のために使うようにしようと、弟と相談してお互いに納得していた。

新しい病院の環境に慣れてもらうため、すぐに見舞いに行くと、あまりよくないのかなと思い、入院して五日目に見舞いに行った。すると、

「もうここを出たい。全然、やっても効果がないから」

と不機嫌な顔をして訴えてきた。

「そんなに早く効果は出ないわよ。リハビリもまだはじまったばかりなんだから、もうちょっとがんばってみたら。やらないと家に帰る日にちがどんどん遅れるよ」

そう話すと、やや不満そうながら、

「うん、わかった」

と納得した。月日もわからなくなっているので、きっと看護師さんたちが作ってくれたのであろう、かわいい折り紙がつけられた手作りのカレンダーに、毎日、

「今日は○月○日です」

と紙を貼ってくれていた。壁に貼られたリハビリのスケジュール表を見ると、小学校の授業なみに、びっちりと予定が組まれていた。

最初は見舞いに行くたびに機嫌が悪くて、「もう、やりたくない」とか「やっても無駄」

と文句をいっていたが、日が経つにつれてそれなりにリハビリの効果が上がるようになると、本人もうれしかったようで、

「今日はあれができた、これもできた」

とうれしそうに話すようになった。

「すごいじゃない。それはよかったね」

というと、

「うん」

とうれしそうにうなずいていた。それと共に表情もとても明るくなってきて、自分の着ている服が気になってきたらしく、

「新しい服を持ってきて」

と頼まれるようになった。

病院ではすべての衣類に油性ペンで名前を記入しなくてはならないので、安っぽくなく、洗濯もできて彼女が気に入る色合いのものを、ショッピングモールで探した。

それらを持っていくと、

「好きな色ばかりだわ」

と喜んでいた。入院した当初は、リハビリの時間以外は、ベッドに寝ているだけだったが、状態がよくなってきたので、いちばん障害の程度が軽い人たちがいる病棟に移った。ここでは自由に行き来できるし、車椅子が必要ない人好きの母は、病院内のあちらこちらに友人を作って、楽しそうに過ごしていた。

この病院でのリハビリの効果はすばらしく、わけのわからない妄想をしていた老女が、もちろん短期の記憶障害は抱えているものの、倒れる前とほとんど変わらない状態に戻ったのには驚かされた。しかし担当医からは、

「お母さんはどこから見ても、体の具合が悪そうには見えないので、それがかえって難しいですよね」

といわれた。私も、

「それはそうですよね。それでなくても、外に出るのが好きな人なので」

と同意するしかなかった。表立って不自由そうに感じられるところがあれば、周囲の人たちも気づいてくれたり、気をつけてくれるだろうが、とにかく言語、運動機能にもまったく問題がないので、見た限りではとんでもなく元気な老女なのである。病院では見舞いの菓子などは認められておらず、病院内の売店での買い食いも禁止され

ていた。それなのに母は病院の売店に行って、持っていた小銭でこっそり焼き芋を買って食べているのがみつかり、看護師さんに怒られる始末だった。

退院の際には他の病棟にもたくさんの友だちを作っていて、その人たちみんなにお別れをしてくるというので、エレベーターを一階ずつ降りて病室を回るものだから、ものすごく時間がかかった。見送ってくれた、とてもお世話になった看護師さんたちにも、

「あんなににこにこして、元気に歩いて病院を退院していった人なんて、今までいなかったんですよ」

といっていただいた。病院の環境と母の性格がぴったり合ったのだろう。

デイサービスから特養老人ホームへ

担当医の言葉どおりに、短期の記憶障害についてはリハビリをしてもあまり改善されなかったため、母一人で外には出せない。当人は足腰はとても丈夫だし、もともと外出好きなタイプなので、家に一人でいたら、どこに行ってしまうかわからない。かといって家に閉じ込めておくわけにもいかず、ケースワーカーと相談して、日中はなるべく家にいる時間を短くして、デイサービスに行ってもらうようにした。

母が退院して以降は、ケースワーカーとの相談や、施設への手続きや金銭的なやりとりは弟がすべてやっていた。私は事後承諾の電話やメールを受け取るだけだった。離れて住んでいる私が、わざわざ出て行く必要がなくなったからだった。弟は会社の休みを取っても給料には支障はないけれども、私は往復二時間以上かかる距離を移動しなければならず、話し合いの時間などもあり、半日は明らかにつぶれた。まだ実家のローンを払い終わっていなかったし、私はその間、仕事をすることができないので、仕事自体に支障が起きるという問題があった。

母は要介護1という認定が降りた。それを知った本人は、

「私はこれから家事がちゃんとできなくなるので、お手伝いさんを雇って欲しい」

と弟にいい、

「とんでもないことをいってきた」

と彼が激怒してうちに電話をかけてきたこともあった。

母を家にずっと置いておくわけにはいかず、月曜日から金曜日の平日にお世話になる、デイサービスを探したが、こちらも意外にスムーズに入ることができた。しかし二か月、三か月と通ううちに、気に入らない職員がいるとかで、行きたくないといいはじめた。電話で母に話を聞くと、

「とにかくいやな人なのよ。その人がいやで、何人もこの施設から出ていった人がいるの」

という。ただ行きたくない口実で、些細《ささい》なトラブルを大げさにいっている可能性もあるので、弟に聞くと、帰ってくるたびに私にしたのと同じ話をしていたそうなので、彼が施設に確認した。すると、母がいったとおりに、何人かがその職員とトラブルがあって、他の施設に移っていったという。問題なく過ごしている通所者もいるので、相性の問題だったのだろう。

すぐに弟がケースワーカーと相談して、別のデイサービス施設に移った。このときも前の施設を退所した翌日に、次の施設に通うことができた。母はとても社交的で、

見ず知らずの人ともすぐに打ち解けられるので、どこにいったとしても孤立する心配はない性格なのは、こちらとしては気が楽だった。

弟は通勤があるので、朝、迎えの車が来る前に家を出てしまうのだが、家の鍵《かぎ》は施設の人が管理して締めてくれるので、母ひとりで家の中で車を待っている。弟からは、

「たまに行くのをいやがるときがあるから、電話してやって」

といわれたので、私が毎朝、迎えの車が来る前の時間を見計らって、

「今日もちゃんと行ってくださいよ」

と確認の電話をし続けた。夕方に戻るときも、施設の人が鍵を開け、母に鍵を渡して帰ってくれるので、家族が不在でも送迎が可能だったのはとても助かった。

都内に住んでいるお母さんと二人ぐらしの人に聞いたら、そこではデイサービスを利用する場合、必ず家族か代理人の送迎が必要といわれたらしい。彼女は仕事の関係で出張も多く、毎日の送迎には立ち会えないので、朝の見送りと夕方の出迎えだけのために、時間制で人を雇ったといっていた。いちおう迎えの時間は決まっているものの、車なので時間がずれたりする。出かけるのにスムーズにいかないときもあるので、もたつく時間も考えなくてはならず、朝二時間、夕方二時間、女性に来てもらったといっていた。

働いている家族が多いなか、必ず誰かが立ち合って送迎というのは、難しい条件に

なってきている。ただ最近はリモート勤務も増えてきたので、家族が在宅している場合も多いし、その点は緩和されたかもしれないけれど。家族と顔を合わせたほうが、施設の人も安心できるだろうが、だからといって家族に負担がかかるのは問題だ。

デイサービスでは、食事、おやつが出て、週に何回かは風呂《ふろ》も済ませてくるので、母が帰って寝るだけになっているのと、弟が休日に仕事や用事ができたときは、その分のお金を負担すれば預かってくれた。デイサービスの料金は聞いていないけれど、土日の預かりについては、一日、二千円程度を払っていたと記憶している。

デイサービスに通いはじめて、六、七年後、母の心臓の具合が悪くなり、一時期病院に入院していた。最初に倒れたときにお世話になったのとは別のリハビリ病院にも入院したけれど、そこが最寄り駅からタクシーを飛ばして三十分かかる場所にあった。駅前の店舗が並ぶ大きな商店街があるところから、だんだん家が少なくなっていき、しまいに山並みが目の前に見えてくると、遠くへ来たものだといいたくなった。

入院していた病院も、このリハビリ病院にも、洗濯専門の業者が入っておらず、週に三日、洗濯物を抱えて家から往復しなければならなかった。病院には洗濯機が設置されてはいたが、どちらにせよそこに通わなくてはならない。身の回りの衣類を届けがてら、どんなリハビリをしているのかと見ていると、たまたまかもしれないけれど、いつもラジオ体操のようなものばかりをやっていて、正直いって、

「これってリハビリなの？」

といいたくなった。担当医からは、短期の記憶障害の改善は、残念ながら今後も見込まれないといわれていたので、毎日、体操みたいなものが繰り返されていても、母が文句もいわず、それなりに楽しそうにしているので、まあいいかと思うことにした。

二か月ほどでリハビリ病院の退院のめどがついた。短期の記憶障害は進行せず、車椅子も使わずに生活はできていたが、年齢が八十歳の半ばになり、彼女の体力の衰えを考えると、通所では限界がありそうなので、介護施設への入所を考えるようになった。またここで家に戻るような状態になると、一人で置いておけなくなる。私が、

「ヘルパーさんでも頼んだら」

と弟にいうと、彼は、

「頼みたくない」

という。理由を聞いたら、

「他人を家に入れたくないから」

だった。実の姉でさえ家に入れたくないのだから、他人は当然、入れたくないよなと思いながら、私は、

「それじゃ、好きにしなさい」

といった。そして退院と施設への入所のタイムラグが心配だったので、洗濯物を届

けたときにリハビリ病院の人と話したら、

「それだったら、入所が決まるまでここにいたら」

とあっさりいわれて驚いた。病院の人たちはどこかのんびりしていた。

ケースワーカーが持ってきてくれた資料では、自治体にはたくさんの民間、公立の老人介護施設があり、値段もピンからキリだった。できれば特養老人ホームに入所できればと思っていたが、入所するのは難しいらしいと、私はインターネット上で検索した情報で把握していた。

弟の会社のひとりぐらしをしている後輩の女性が、お母さんが認知症になり、入所できる施設を探したところ、民間で入所金が百万円代、月々の支払いも十万円代のところが見つかったという話を聞き、もしも特別養護老人ホームに入所できなかったら、そういった民間のところでもいいのではないかと、私と弟の間ではそういう話になった。

当時の価格なので今とは違っているかもしれないが、私が聞いた特養老人ホームの月額料金の最低額は月九万円、最高額は三十二万円だった。最高額のところは個室で、最新式の機器を揃えた新築の施設だった。九万円のところは相部屋で、要介護5程度の入所者がほとんどという話で、短期の記憶障害以外は問題がない元気な母には、向かないような気がした。

まずは特養老人ホームに対象を絞り、弟がケースワーカーの人と相談して五か所を選んで申請書を提出した。その後、自治体から私のところに電話があり、「今のお住まいはどういうところですか？　持ち家ですか賃貸ですか」「御一人で生活なさっているのですか」「そちらでお母様と同居することは難しいでしょうか」などといろいろと聞かれた。

「私は家で仕事をしていまして、短期の記憶障害がある母と同居するのは難しいです。幸か不幸か運動機能には問題がないので、外に出ていってしまう可能性も高く、仕事をしながらいちいち母の行動を見守るというのはできないです。それにうちの近所には知り合いも誰もいないので、家に引きこもらせることにもなるし、状況を考えると施設にお世話になっているほうが、母にとっていちばんいいと思っています」

そう説明すると、相手は、

「わかりました。ありがとうございました」

と電話を切った。電話があったのはその一回きりだった。

弟のなかでは一番から五番までの施設の希望ランキングをつけ、第一希望は、施設内に樹木や花壇が多く、園芸好きの母にとっていい環境ではないかと思ったからだといっていた。結局、その一番に希望したところには入れず、二番目の特養老人ホームに入ることができた。難しいといわれていた特養老人ホームに、なぜ入れたかとたずねたら、その年はたまたま、施設に入所している高齢者に亡くなる方が多く、空きが出る人数が例年よりも多かったのと、景気が悪くなって、親御さんを入所させ続けることができず、退所する方が多かったという話だった。ある施設では、月に十人の方が亡くなり、順番待ちをしていた人たちが入れたとも聞いた。空きがないと入れないので、亡くなられた方には申し訳ないが、順番ということで仕方がない。母が入所するホームが決まった後も、申請書を出した他の施設から、

「お母様の入所先は決まりましたか」

と弟のところに連絡があったという。施設によっては空きがあっても、人が集まらない所もあったようだ。施設も人数が集まらなければ、経営が難しくなるだろう。ただこれは当時の話で、現在がそのような状況かはわからない。

母が入所した施設は、月々の支払いは十五万円だった。以前から、母に、

「年金をいくらもらっているのか」

と聞いても、絶対に口を割らなかったのだけれど、このときはじめて、受け取っていた年金額を弟から知らされた。彼は、母の年金内で収まるか、大幅にオーバーしない入所費のところを主に探したようだった。この金額であれば、母が生きている限り、施設の費用は支払うことができる。

部屋は広くはないが、個室でインターネット環境も整っている。その施設はイベン

トが多く、そういうものが好きな母にはうってつけだった。また年に何回か、お買い物をする日があり、そのときは家族が許した金額の範囲内で、近くのショッピングモールで自由に買い物ができる。お花見など外に出る機会も多いので、外出好きでみんなで騒ぐのが好きな母の性格にもとても合っていた。

年に二回の買い物をする日に、母は何を買っているのかを聞いたら、古着店で着物を買っていたとわかって、本当に着物が好きなんだなあと思った。着物だけでは着られないだろうから、襦袢《じゅばん》や帯を持っていったほうがいいかとも考えたのだが、施設では身につけるものすべてに名前を書かなくてはならないので、着物や帯に名前を書くわけにも行かないので諦《あきら》めた。母は自分が着るというよりも、着物というものを手元に置いて眺めたかったのだろう。

自宅で介護を決めた友人

その母も亡くなり、倒れてからのことをあれこれ考えると、

「あんたはいいけど、私はいったいどうなるのかね」

といいたくなってきた。金銭的には子どもには世話にならずに、自分のことは自分でしてきたわけだが（といってもそのなかには私からむしり取ったものも含まれているが）、

「はて、私はどうしましょう」

である。いくら悩んでも潤沢なお金が湧いて出てくるわけではないので、なるようにしかならないとしかいいようがない。

私の周囲には、老齢の親を施設には入れずに、自分でお世話をしている人もいる。私の友だちのお母さんは若い頃から病弱だった。そのため友だちは子どもの頃から、同居しているお祖母《ばあ》さんに、

「お母さんは体が弱いのだから、ちゃんと助けて、何でも手伝わないとだめだよ」

と、ずーっといわれ続けてきたのだそうだ。

隣県に住んでいるお母さんは、ここ何年かの間に、インフルエンザに罹《かか》ったり、転んで腰を打ったりと、他の体調不良もあって、何度も入退院を繰り返す生活を送ってきた。都内に住んでいる友だちは、そのたびに車を飛ばして実家に戻って、入院の手続きや見舞いをし、お母さんが退院して実家に戻ってくると、休みの日に身の回りの世話や、食事の用意などをしていた。

彼女は仕事があるので、週末にしか実家に泊まることができない。お父さんは元気なのだが、九十歳と高齢なので妻の面倒を見るわけにもいかない。実家での様子を見ていると、二人だけで暮らすには限界がきたようなので、彼女は一大決心をして、六十年以上両親が住んできた実家を処分し、自分が今住んでいる場所の近くに、新たに家を建てることにしたのである。

彼女の実家は代々続いた大きな家で、お父さんが現役で働いているときには、仕事相手の外国人を何十人も招いて、畳の部屋をぶち抜いて日本食でもてなしていたという。もちろん他にも広い部屋がたくさんあり、とにかく敷地も建坪も広い邸宅なのだ。そんなに広い家を、高齢の夫婦二人で使いきれるわけもない。日中は一部屋に集まり、夜になるとそれぞれ寝たい場所で寝るといった具合で、使っているのはせいぜい二部屋なのである。友だちとしては、使わない部屋があれだけあるのは無駄であり、自分も都内から何時間もかけて実家に通うのは無理。ということで、自分が生まれ育った実家を処分すると決断したのだった。

「まさかこんなことになるとは思いもしなかった」

といいながら、彼女は自宅に近い場所の土地を探しまわった。実家の近くに住んでいた弟さんと協力して、両親の面倒を見ることになっていたのだが、彼が心臓発作で急死してしまったので、すべてが彼女の肩にのしかかってきたのである。

家を購入するのでなく、建てることにしたのも、若い家族が住むわけではなく、両親や介護する立場の自分が、使いやすいような家にするためには、建てるしかなかった。しかし都内で土地を探すのは難航した。私はたまたま彼女と歩いていて、

「近所に買おうと思っている土地があるのよ。ちょっと見てみる?」

といわれて一緒に見に行ったことがあったのだけれど、そこは山手線の駅から三分ほどの場所にあり、私が見たときは喫煙所になっていた。広いとはいい難い土地だった。ただ駅から近いわりには静かで、彼女としては建てたときのイメージがあったようだが、買い手が現れたと知った土地の所有者が、値段をつり上げてきたので、この話はなくなってしまった。

また一から土地を探さなくてはならず、懇意にしている不動産会社の担当者が、彼女の予算や希望等を考えて、情報を送ってきてくれるのだけれど、ここはいいと思う土地は価格が高く、安い土地は環境がいまひとつだった。そして環境もそこそこ、価

格も何とか折り合いがつきそうな土地の価格は一億二千万円だった。その後も不動産業者から、売地の情報が次々に入ってきていたが、

「土地の売買に関しては、時間的な猶予はないので、いいと思ったらすぐに手付金を打ってください」

といわれたという。そんなはずはないだろうと思っていたら、二か所で悩んでいた土地のうち、片方がすぐに売れてしまった。新型コロナウイルスの感染拡大で、世の中は不景気になっているはずなのに、不動産売買はなぜか活発になっているのだ。その土地は企業が買ったのかと聞いたら、個人が住宅を建てるために購入したと担当者はいっていた。そして友だちが彼から話を聞いたところでは、都内の土地や家の売買価格はあまり下がっておらず、場所によっては上がっているところもあるという。経済に疎い私は、理解できない世の中のお金の流れに、首を傾げるしかなかった。

「私の持っているお金だけで、そんな大金を出せるわけがないから、両親のお金も遺ってもらわなくちゃ。でもこの歳になって、またローンを背負うとは」

友だちは嘆いていた。

最初に実家を売る話を提案したとき、両親は絶対にいやだといった。六十年間住んでいた場所を離れたくないという。彼女もそうはいうだろうなと予想しつつ、その後は、両親も考える時間が必要だろうと、実家を売る話をしつこくはしなかった。しか

し何か月か経つうちに、ご両親も自分たちの体が思うように動かなくなってきた現実を自覚したこともあり、この大きな家を維持、管理するのは難しいと気づいたらしい。そしてやっとご両親も納得してくれたので、両親のための家を建て、都内に引き取ることになったのだ。

実家の土地家屋にはすぐに買い手がついたので、友だちが都内に購入した土地に家が建ちはじめた。しかし実家を出ることに納得していたお母さんの体調が思わしくなく、家事ができなくなった。友だちも仕事が忙しくなったために、頻繁に実家に帰れなくなり、介護ヘルパーさんとは別に、人材派遣会社から食事を作るお手伝いさんを自費で雇った。五十代のその人は、友だちが出した条件に合う、料理好きというふれこみで、斡旋《あっせん》所から来たのに、冷蔵庫に入れてある食材や、友だちが作って入れておいた総菜を、両親に出した形跡がまったくなかった。彼女や義理の妹が食材をすべて調え、

「これは両親が好きなので、食べさせてください」

とメモまで書いて置いておいたのに、蓋《ふた》は開けられてもいなかった。冷凍庫の冷凍食品も使われていない。両親はいったいどんなものを食べているのかと心配になり、聞いてみると、

「うん、まあ、大丈夫」

という。何か変だなあと感じてはいたが、家が建つまであとひと月になっていたので、両親も自分もあともう少しの辛抱と我慢していた。

結局、料理好きというふれこみのお手伝いさんは、出汁《だし》の取り方も知らず、料理の作り方もろくに知らなかった。長い期間、家庭で料理を作ってきたと、会社側がいったのにである。友だちのご両親は肉が好きなので、彼女は時間があるときに実家に通っては、肉を冷凍庫に入れておいた。ある日、しゃぶしゃぶを食べたいとお母さんがいったので、作って食べさせて欲しいと、例のお手伝いの人に頼んだら、翌日、お母さんから電話があった。友だちが、

「どうだった？　おいしかった？」

と聞くと、

「うーん」

と口ごもる。様子がおかしいと、口ごもる母親にいろいろと聞いてみたら、

「それが食べられなかったのよ」

という。しゃぶしゃぶは、特に調理が必要なものではないし、必要な食材を切り揃え、鍋《なべ》に出汁を入れておけば、特に問題はないのではと思う。しかしお手伝いの人が出したのは、フライパンの中に湯が入っていて、そこに少量の肉と少量のブロッコリー、そして千切りのしいたけが浮かんでいる代物だった。もちろん昆布もきのこもネ

ギも豆腐も白菜も、食材はすべて整っているのに、それは影も形も見えない。

「しいたけもねえ、あんなに細く切られると、お箸《はし》でつまみにくいのよ」

食事を提供する高齢者への食べやすさも考えず、料理も作れない。友だちは、お手伝いの人が、しゃぶしゃぶ自体を知らなかったのかもしれないと、すぐに派遣会社に電話をした。そして電話に出た女性に事情を説明し、

「あなたはしゃぶしゃぶにブロッコリーを入れますか？」

と聞いた。すると電話口の女性も、

「入れませんね」

という。

「料理好きで料理が作れるとおっしゃったから、来ていただいているのに、これはどういうことなのでしょうか」

説明を求めても、相手は黙ったままだった。友だちは彼女に、毎月、十数万円を払っているのだ。結局、会社のほうからは、何の回答も得られなかった。

「家が建つのもあと少しだから、休みの日に冷凍したものをたくさん作って、冷蔵庫に入れて置くことにするわ」

といっていたが、次の休みの日に行ってみると、やはりその冷凍食品を出した形跡がない。レンジで解凍すればいいだけなのに、それすらしない。いったいお手伝いの

人は何をしているのか、わからなかった。それでもお母さんは、

「食べられないものが多いけれど、私のために来てくれているのだから」

と文句をいわず我慢をしているのだ。

私もテレビで、短時間でたくさんの料理を作ってくれる料理専門のお手伝いさんや、家政婦さんの手際のよさを、感心して観ていたので、この話には本当に驚いた。いったいどこをどうすれば、あんなひどい状態になるのかわからない。第一に、雇い主が希望した食事を提供できていないのが、大問題である。派遣される人のなかには、まじめにきちんとやってくれる人も多いはずなのに、会社がきちんとチェックしないからこのようなことになるのではないだろうか。私が、

「料理好きとか、調理に慣れているっていうのなら、試験とかなかったのかしら。出汁を取ってみてくださいっていったら、一発で嘘がばれたのに」

私が怒ると友だちは、

「きっと家で料理を作っていたというのは、本当だと思うのよ。でもその料理が私たちが考えている料理とは、違っているんじゃないかしら」

といった。たしかに食べる物はその家、その家で違う。たとえば出汁にしても、出汁入り味噌《みそ》は売っているし、顆粒《かりゅう》状の出汁の素もある。しかし友だちは、出汁昆布、鰹節《かつおぶし》で出汁をとるので、そういう類のものは一切使わない。だから台所にはないので

ある。知人に聞いたところ、今は顆粒出汁が当たり前で、それが原因できちんと出汁をとってきた人たちの口に合わないことが多いようだといっていた。

好意的に考えると、ふだん、そういった簡便なものしか使い慣れていないので、台所にないとわかって、どうやって出汁を取っていいのか、わからなかったのかもしれない。しかし自分の家で料理を作るのとは違うし、それなりにお金をいただくのだったら、雇い主が満足するような仕事をするのが筋だろう。それに今はほとんどの人がスマホを持っているわけで、しゃぶしゃぶの作り方がわからなかったら、スマホで調べればすぐに出てくる。材料はすべて冷蔵庫内に揃っているし、スマホで検索した作り方のまま、やればいいだけなのに、それをしないで、大量の湯の中にほんの少しの肉とブロッコリー、千切りのしいたけだけを浮かせているなんて、あまりにひどい。残念ながら仕事をするには向かない人だったのかもしれない。斡旋する会社のほうも、きちんと試験をしていないとすると、当人の話を信じるしかないし、仕事内容に問題があったら、いちばん気の毒なのは介護される人だし、お金を支払っている身内も怒るのは当然なのだ。

私は、

「もっときっちりクレームを入れて、人を替えてもらったら。そんな人に十五万円も払うなんてもったいない」

というと、友だちは、

「もう今は面倒なことは考えたくないの。あと十日我慢すれば、家もできるから」

と相変わらず仕事ができないお手伝いさんに困った、困ったといいながら我慢を続け、そして両親の新居は完成した。

「お手伝いさんはすぐに断ったわ。これでほっとした」

友だちは悩み事のひとつがなくなって、さばさばした様子だった。

訪問介護のすすめ

部屋には両親が寝たきりになったときを考えて、一室は二人の介護用ベッドが二台置かれ、もう一室は台所とそれに続く居間。彼女が泊まり込むための部屋も作った。土地の大きさの問題で、それらのスペースをすべてまかなうためには三階建てになり、車椅子を使うことも考えてエレベーターも作った。実家の豪邸に置いてあった品物の十分の一も入らない。広い庭に植わっていた木々もすべては持って来られないので、門の横にスペースを作り、三本だけ持ってきた。

「父親がとても淋《さび》しそうだったけれど、仕方がないわよね」

と彼女も悲しそうだった。彼女にとっても、思い出のあるたくさんのものを処分しなくてはならなかったので、胸が痛んだだろう。しかし何かを切り捨てないと、前に進めないのだ。

お父さんは引っ越してきたが、家を見るなり、

「狭い」

とひとことだけいった。それを聞いた友だちの娘さんと、亡くなった弟の息子であ

る甥御《おいご》さんが、二人して、

「何いってるんだ」

とお祖父《じい》さんを叱ったといっていた。お母さんのほうは、体調が回復せず、うまく食事が呑《の》み込めなくなり、新たに嚥下《えんげ》訓練もしてくれる、施設を探さなければならなくなった。たまたま新しい家の近くで見つかり、お母さんは新居に入るまえに、その施設に入った。

その民間の介護つき有料老人ホームは、入所時に二千万円以上を支払い、そのうえ月々に二十万円以上を支払わなければならないシステムだった。入所金がない場合は、月々数十万円以上の出費になる。

「うちの母は三か月だけの入所になったんだけど、ずっとそんなところに住んでいる老夫婦がいるのよ。お金はあるところにはあるのねえ」

彼女は感心していた。そしてお母さんの入所に関する費用の請求が来たときに、彼女はぎょっとした。月々七十万円の請求になっていた。何度も書類を見直したが、金額は変わらなかった。

「嚥下訓練があるから、その分が上乗せになっているのでしょうけれどね。これも母に払ってもらうわ」

親の介護などで困ったことがあると、必ずそこにお金がついてまわる。それも結構な金額である。いったい世の中はどうなっているのかと思う。友だちは入所したことで、リハビリ効果にも期待していて、少しでも食事が摂《と》れるようになればと考えていたのに効果が見られなかった。彼女は、

「月に七十万円も払って、何の効果もないっていったいどういうことなのかしら」

とちょっと怒っていた。療法士の人はちゃんとやっていてくれていたのかもしれないし、お母さんの状態もあったのかもしれないが、費用と結果が見合わないのである。介護士や療法士の人が、高額な給料をもらっているわけでもないだろう。

すると突然、施設から、

「お母さんが死にそうです」

と連絡が来た。びっくりしてかけつけると、すぐに入院できる手筈《てはず》は整えられていて、お母さんは近くの病院に入院となってしまった。大枚をはたいて三か月間、お母さんの体調が改善されるようにと入所させたのに、急にそんなことをいわれて、彼女は言葉を失っていた。

病院に入ってからも、お母さんの体調は悪くなるばかりだった。点滴をし続けているので、手足にもむくみが出てきた。それに対して病院側は特に治療をしようともしない。そしてここでも、今日、明日《あす》にも危ないといわれて、彼女はもうここには入れておけないと、お母さんを連れて家に帰ってきた。

介護ベッドに寝かせ、彼女が泊まれる日以外は、交代制で二十四時間の訪問介護を頼んだ。すると、

「来てくれる人たちのプロ意識が高いのよ。ちゃんと患者の姿を診てくれているの」

と友だちは感心していた。来てくれているのは、病院での個人個人の患者の体調を診ようとしない、決まりきった治療に疑問を持ち、病院をやめてこの仕事をはじめたという看護師さんばかりだった。きちんとお母さんの体調を診てくれて、変化や必要な処置があると判断すると、すぐにセンターに連絡をして、二時間後には医師が来てくれる。とにかくすべてにおいてきめ細かい対応をしてくれると、友だちは喜んでいた。経費としては、介護つき老人ホームとほぼ同じだったが、

「同じ金額を払うのだったら、絶対にこっちのほうがいい」

といった。そして身内がいない私に、

「お金がなくても、その人の状況に応じたケアが受けられるから、歳を取ったらここの近所に住んで、あのセンターの訪問介護をしてもらったほうがいいわよ」

と強く勧めてきた。なるほどそういう方法もあるなと思った。

私は延命治療などを望んでいないし、ある年齢から上になったら、過剰な治療は不要と考えているので、ふだんの生活で問題が生じたところを改善してもらえるだけでいい。これからもっとこのようなサービスが増えていく可能性もある。うちの母親は

施設へ入所して、日常のあれこれをお願いしてしまったけれど、こういう方法もあるのなら、考えてもいい。

友だちのお母さんは、新しい家に移ってからは、声をかけると反応はするものの、ほとんど眠っている状態だった。病院からはすぐに危ないといわれていたのに、新居に移ってからはお母さんは穏やかに過ごしていた。訪問介護の看護師さんたちは、

「このような眠っている状態が続いて、静かに旅立たれるのですよ」

といわれて、静かに見守るしかなかったのだが、新居で二週間ほど過ごして亡くなられた。お母さんも最後には新居で過ごすことができ、寝たきりの状態になっても、不快に感じない方法を娘が選んでくれて、最善策をとってくれたのを喜んでいたことだろう。

私の周囲の同年配の人たちは、まだ前期高齢者で年齢もシニアのなかでは若いほうなので、施設への入所などという話は聞かない。特に問題なく暮らしているばかりである。いろいろと大変になるのは、後期高齢者になってからかもしれない。私の三味線の師匠は、九十八歳でご健在なのだが、

「七十五歳くらいから、ちょっと体が動かなくなったかなあ」

といっていた。母親より先輩の姉弟子《あねでし》の皆様方も、

「本当にその通り。六十代なんて元気いっぱいよ。七十五を過ぎたころから、がくっ

とくるのよ」

と声を揃えていた。

その一方で、七十代に入ったとたんに、六十代での体調の悪さが改善されて、元気になったという人もいる。体調は本当に人それぞれなのだ。多少、不調があっても、それが回復、改善されるようなものならばいいが、そうではないと判断されたときに、独り身の私はどうするか。きちんと考えなくてはならないのだけれど、どうしてもそういう話は先延ばしにしてしまいがちなのだった。

単身シニア女性のお財布事情

老後はお金はないよりはあったほうがいいかもしれないけれど、お金があるからといって安心できるものではない。雑誌、「婦人公論」の二〇二二年三月号に、六十代以上のひとり暮らしの女性の「リアルお財布事情」のアンケートが掲載されていた。回答数は六十代三十一人、七十代十六人、八十代以上十四人、合計六十一人と、人数が少ないのが難点だが、いちおう参考にはなった。

六十代
平均月収　一二万七四〇〇円
一ヵ月の生活費　平均一八万一四五一円
（最高額三十万円　最低額七万円）
貯蓄額　平均二一五八万円
（最高額一億円　最低額ほぼなし）

七十代

平均月収　三十三万二五〇〇円
一ヵ月の生活費　平均一五万三六七六円
（最高額四十万円　最低額五万円）
貯蓄額　平均一六〇〇万円
（最高額五〇〇〇万円　最低額二十万円）
八十代
平均月収　一七万一〇七一円
（最高額二十七万円　最低額六万円）
一ヵ月の生活費　平均一六万四二八五円
（最高額二十五万円　最低額十万円）
貯蓄額　平均六五二万円
（最高額二三〇〇万円　最低額二十四万円）

収入には年金、賃貸料、投資の利益なども含まれている。
回答者の声も掲載されているのだけれど、貯蓄額が多いからといって、その人たちみんなが、老後に不安を持っていないわけではなく、貯蓄額が少ないからといって、不安をつのらせているわけではなかった。貯蓄が何千万もあっても、これから自分が

住む家があるのだろうかと悩んでいる人もいる。私からすれば、

「それだけあれば、どこにだって住めるでしょう」

と驚いたのだけれど、ご本人は安泰とはいかないらしい。

その他、身内が遠くにいるから、何かあったら不安だとか、体が動かなくなったら、認知症になったらどうしようなどなど、回答者の方々の心配事はつきない。お金を持っているから、何の不安もなくて幸せだろうと思うのも違うし、お金がないから不幸だろうと考えるのも違う。貯蓄があるから不安がないというわけではない。ただし「地獄の沙汰《さた》も金次第」の現実があるのも事実なのである。

どうやら人というものは、まだ現実に起きていないのに、自分で不安を作りだしてしまうものらしい。不安遺伝子を持っている割合は、世界のなかで日本人がいちばん多いらしく、その率は七割近くになるという。インターネットからの受け売りだが、セロトニンという物質は、脳内にある神経伝達物質で、それが脳内に十分あると安心感を得られる。セロトニントランスポーター遺伝子には、それをたくさん運べるL型と、少ししか運べないS型があり、両親からひとつずつ遺伝子を受け継ぐので、その型にはLL、LS、SSの三種類があり、そのいちばん安心感が少ないSS型の割合が、日本人がいちばん高いというのだ。LL型は数パーセントしかいないらしい。こういった楽天的なタイプは、不安遺伝子を持つ人が多い土壌を考えると、LL型は何

も考えていない気楽な人たち、と、浮いてしまうタイプになっているのかもしれない。

不安遺伝子の割合が高くなった理由として、日本は国土が小さいにも関わらず、地震などの天変地異が多く、ある程度、いつも危機感を持っていないと、たくさん人が亡くなってしまうからではないかといわれている。この説を読んで、ちょっと笑ってしまったのだが、たしかに国民のほとんど全員が、楽天的で何の危機感も持っていなかったら、大地震や天災が来たときに、

「あれー」

といいながら、命を失う可能性もある。私としては、そういう気楽な人生もいいのではないかと考えるけれども、国として考えるとよろしくない状態といえる。不安遺伝子の割合が高いからといって、いつも緊張しすぎて危機へのアンテナばかりを立て構えていたら精神が持たない。

「そんなことを、いちいち気にするのか」

と驚くような心配性の人がいるが、そういう人たちはSS遺伝子を持っているのかもしれない。生まれ持った遺伝子なので、仕方がない部分もあるけれど、不安の度合いと日常生活とのバランスをうまくとらないと、どんな状況でも不安がぬぐえなくなってしまうだろう。そういう人たちは、いくらお金が手元にあったとしても、ずっと不安なのだ。

自分について考えると、まったく不安がないわけではないが、それほど深刻に考える性格ではない。基本的にクレイジーキャッツの「だまって俺についてこい」の歌詞、「そのうちなんとかなるだろう」

精神で生きてきた。父親はせっかく入社した新聞社を三か月でやめて絵描きになったし、母親は明るくて大雑把を絵に描いたような人だったので、両親とも表に出るような不安遺伝子の影響があったとは思えない。しかし私は両親よりは不安を感じたりはするので、LS型でLの影響が多いタイプなのかもしれない。

私はいくらお金があったとしても、幸せはその多寡ではないと考えている。お金がない、お金がなくなったらどうしようと毎日不安になるよりも、どうしたら日々、自分が幸せだと感じるように暮らせるのかを考えたほうが、ずっと現実的なのではないだろうか。みんな、明日《あした》はどうなるかなんてまったくわからない。いくらこれから五年、十年先のことに気を揉《も》んだとしても、明日、ぽっくりと亡くなる可能性だってあるのだ。

先日、友だちと、子どもの頃から知っている、新宿《しんじゅく》のデパートが閉店した話をしていた。渋谷《しぶや》に続いて新宿も周辺の再開発が行われるらしく、

「へえ、いつなのかしら」

とちょっと楽しみになって再開発が終わる時期を聞いたら、

「二十年後って聞いたわよ」

という。

「あらー、それじゃ私たち、見られないじゃないの」

「そうなのよ」

と顔を見合わせて苦笑した。まだ十年後だったら、ぎりぎり大丈夫かなと想像できるけれど、二十年後となると、

「うーん、どうかなあ」

と首を傾げる年齢になったのだ。

昔から、

「日々をきちんと生きる」

といった言葉をよく見聞きするが、私は若い頃から、それに対して、

「そんな面倒くさいことができるか」

と無視していた。当時は色紙にサインを求められると、

「明日できることは今日やるな」

と書いていた。

いちおう一日のスケジュールを決めて、家事、仕事、プライベートと分けていて、仕事は約束どおりにやってきたけれど、それ以外は、一日のスケジュールに組み込ん

でいても、掃除をやりたくないなあと思ったら、限界がきて、自分が、

「ああーっ」

となるまで放置した。そして汚れが溜《た》まりに溜《た》まったところを、自分に怒りながら掃除をするのは常だった。さすがに還暦を過ぎたら、その労力に耐えられず、掃除だけはこまめにして汚れを溜めないようにはなったが、自分が楽しいこと、楽ができる方向を優先して、たらたらと過ごしてきた。それで前期高齢者になるまで過ごせたのだから、運がよかったとしかいいようがない。

そしてさすがにこの年齢になると、

「明日できることは今日やるな」

と書くのは躊躇《ちゅうちょ》するようになった。今日できたことが明日できなくなるのならまだしも、今日できることが今日できなくなる可能性が大になってきたからだ。だから無理のない範囲で、今日できることは、今日のうちにやろうとはするのだが、途中で嫌気がさすとやめてしまうのは同じ。もうどうでもいいやと思ってしまうのだ。

さて、自分はどうするのか

こんな具合で、私は将来については、深く考えていない。考えなくちゃいけないなあと思いながら、この年齢になってしまった。今は仕事をいただいていて、それに対しては誠意を持ってやらせていただいているけれど、これから先、いつまでも仕事がいただけるかどうかはわからない。ただし実家のローンを背負わされて、月に十五本の締め切りがあったのを考えると、現状のほうが心の安定はあるのだ。

貯蓄が老後にとって大切と考える節約体質の人は、なるべくお金を遣わないように、日々、節約するのが楽しみなのだろう。まず住む家があれば安心ということで、節約をするいちばんの目的は、持ち家なのではないだろうか。私は資産を持ちたくなかったので、持ち家に関して興味はなかったけれど、それが老後に対する精神安定剤になるのは理解できる。ただ家を買ったらそれで何も出費がないわけではなく、固定資産税の支払い、家屋のメンテナンス、リフォームなど、住んでいる限り何らかの支出はある。マンションにしても、ローンを完済したとしても、毎月管理費などが必要になると聞いた。

それならば借りられる部屋を探して、大家さんにメンテナンスをやってもらったほうが、ずっと気楽なのではないかと私は考えていた。大きな地震があったとして、家が倒壊したら生活の根元が失われるが、借りていたらまた別の場所を探せばいいだけだ。社会人として腰が落ち着かないといえばそうなのだが、私にとっては賃貸物件に住むのが、気楽な人生の選択だったのだ。私は自分を機嫌よくできること、楽しめることにお金を遣ってきた。さすがに最近は、欲しいものはだいたい入手できたし、絶対にこれが欲しいと切望するものもないので、家賃以外は大きな出費はない。出費が落ち着いていても、収入が途絶えたら、それに対処しなくてはならなくなるだろう。それでも、

「日本中のどこかに、私が住める一部屋くらいはあるだろう」

と思っている。

フリーランスの場合、これから先の収入がまったくわからないのが困る。会社員でもいつ倒産するかわからないので、先がわからないのは不安かもしれないが、定収入があると生活設計が立てやすいのは事実だ。フリーランスでも、きちんと家計を管理できる人だと、それを見越して、いろいろと自衛の策を講じたりするのだろうけれど、私はすべて適当でやってきたので、そのような事態になったら、

とりあえずは、

「どうしようかなあ」

と途方にくれるだろう。が、まあ何とかなるだろうと諦《あきら》めそうだ。持っているお金が完全にゼロというのなら大変だが、そうでなければ何か策はあると考えている。されるのを待っているのではなく、自発的に行動すれば、必ず打開策はあるはずなのだ。

頑《かたく》なに自分のなかの何かを守りすぎると、自ら行動を制限してしまいがちだ。住まいの広さは最低これくらいないと住めないとか、一年に何回かは旅行に行きたいとか、いつも人から素敵といわれたいとか、そういった自分の決まり事を作りすぎると、急に生活ランクを下げるのは難しくなる。

収入が少なくなったとしたら、固定費を減らすために、家賃の安い部屋に引っ越さなくてはならない。私は住むのは広い部屋でも狭い部屋でも、雨露がしのげて、周囲の環境がうるさくない部屋ならば、大丈夫なタイプなので、狭いワンルームで暮らすようになったとしても問題はない。そうなったらまた、部屋に入る量まで、せっせと持ち物を減らすだけである。

父は私が子どものときは絵を描いていたが、のちに自分でグラフィックデザインの事務所を作って仕事をしていた。しかし特定のクライアントと契約しているわけではないので、定収入はなかった。お金がどーんと入った時期には、当時は最先端だったコンクリート打ち放しの、出版社の役員の方の住宅を借りて住んでいた。ドッジボールができるくらいの庭もあった。どーんと落ち込んだときは、それぞれの家の隣に、薪で焚《た》く風呂《ふろ》が設置されている、木造の長屋に住んでいた。風呂を焚くのは私の係で、点数の悪かったテストをそこで燃やしたりして面白かった。

ヤドカリは成長するたびに、自分の体に合わせて住む貝を替えるけれども、うちのヤドカリは、大きくなったり小さくなったりするので、そのたびに大きな貝に住んだり、小さな貝に住んだりした。本家のヤドカリと違って、マイナーチェンジも大ありだった。それでもそれなりに、大小それぞれの家での毎日は楽しかったので、みじめになったとか、みっともないとか感じたことはない。友だちの目も気にならなかったから、狭くなった家にも平気で友だちを呼んでいた。彼らは前の広い家も知っているので、何らかの思いはあったかもしれないが、私にはなかった。狭くなった室内を見て、

「ああ、そうなのか」

と思っただけである。どの家に住んでも、面白いことはあったし、面白くないこともあった。ただ狭い家に住んだことで、いつも「お金がない」と揉《も》めて、いがみ合っている両親の喧嘩《けんか》が減ればいいと期待はした。

ひとり暮らしをはじめ、保護したネコと暮らすようになってからは、彼女に対して責任があるので、何としても元気でいなくてはと心に決めていたが、二〇二〇年にそ

のネコが旅立ってからは、余計にこの先の自分のことなど、どうでもいいと思うようになった。いつお別れがきても、

「ああ、そうですか」

とそれに従うし、延命治療は断る。いちばん困るのは、お金が尽きたのに命は尽きないという場合で、この点に関しては、

「どうしようかなあ」

とは思うが、まあこればかりは自分ではどうしようもないので、神のみぞ知るである。でも一年に一度くらい、こういう考えがふっと頭に浮かぶ。それで老後に関して、何らかの行動を起こそうとしないところが、不安遺伝子の分量の問題なのかもしれない。

消費税はもともと、将来の高齢化社会を考え、安心できる老後を迎えられるようにというふれこみだったはずだが、ゼロから十パーセントになった現在を比べると、税金を取られたあげく、余計に世の中が悪くなったような気がする。これでは私よりも年上の高齢者が不安になるのも当たり前である。新型コロナウイルスの感染拡大時の一時金にしても、喜んでばかりはいられなかった。この国がただでお金を配るわけもなく、他の新たな税金の仕組みを作り上げ、配った以上のものを徴収しようと考えているに違いない。

私がもらう原稿料などからは、源泉税と共に震災の復興税も取られているが、十年以上支払い続けていて、いまだ三万八千人くらいの方々が被災しているのはどういうわけなのだろうか。何度もいうが、困っている方々のために、税金が遣われるのはかまわないけれど、それとは違う目的に遣われるのは納得できない。某総理大臣が国会で、「税金は国民から吸い上げたもの」といったのが、国の本音なのだろう。

自分たちのこれまでの政策のミスを棚に上げて、最近は国も銀行もやたらと投資を口にするようになった。老後が心配なら、こういう方法もありますよといいたいのだろう。小学校から経済や投資に関する金融教育の授業をするという話も聞いた。私は、この先、若い人たちは年金も少なくなるだろうし、生活の格差は激しくなっていくだろうから、国が、

「お金は自分で何とかしろ」

という教育をするつもりではないかとふんでいる。

二〇二一年に引っ越した際、銀行に住所変更のために出向いたら、窓口の女性から、投資の勧誘をされた。それも比較的小さな金額でできるものばかりで、

「これだったら負担はないでしょう」

といいたげだった。銀行側の理屈は、これから現金を持っていても、つまり貯金をしていても、価値は目減りするばかりなので、そのお金は投資に回したほうがいいと

いうのだった。経済や金融関係に詳しい人は、その理論がわかるのかもしれないが、私は、

「千円と印刷してあるのだから、どこから見たって千円だろう」

と考えているので、そういう話には乗らないことにしている。たしかに昨今の円安の情報を知ると、世界的に安くなったものだとは思うけれど、私が二十歳のときにアメリカに行ったときは、一ドルが三百円だったので、特に危機感も感じず、

「ふーん」

というだけである。だいたい勧める側が儲《もう》かるから、こちらに話を持ってくるわけで、そういう人たちは基本的に信用していない。株をやっていた人に聞いたことがあるのだが、「これは絶対に儲かります」

と証券会社の社員から勧められたので、株を購入したものの、見る間に株価が落ちて、大損をした。怒って勧めた社員に文句をいうと、

「いやあ、まさか私もこんなふうになるとは思っていなかったんですよね」

とお詫《わ》びの言葉もなく笑っていて、余計に頭にきたといっていた。やっぱりそうなのかと私は納得し、儲かる話、得になる話にはのらないようにしている。

「私はひとり暮らしで、亡くなった後に確認しなくてはならないパスワードが増えたり、本人確認の手間が増えたりすると、残された周囲の人たちに悪いのでやりませ

ん」

とお断りした。それで行員の女性は引き下がったが、DMはずっと送られ続けている。もちろん興味があってやりたい人はやればいいので、それは否定しない。私自身がただやる気がないというだけの話である。

借金が平気な人

日本はだんだん分断が進んできて、豪勢な生活をしている層もいれば、今日の御飯に困っている人もたくさん出てきた。若い人でもSNSをうまく使い、大金を稼いでいる人もいる。自分がもっと上にというよりも、大変な人たちの生活が底上げできればいいと思うのだけれど、経済に疎い私でも、あまりいい方向にはいっていない気がしている。

いつからか「上級国民」という言葉が出てきて、それもまた精神的な分断化にも影響している。社会的に地位のある人、たくさんの報酬をもらっている人たちがいるのは事実だし、当然である。それは昔からずっとあったことだ。そういう人たちに対して、「上級」といってしまうのは、自分たちはそれ以下ということにもなる。するとセンシティブな人たちは、自分たちは下級だと自虐気味になり、勝手に上級対下級の図式を作り上げて、自分ができないことを、上級国民がやっているのが、面白くないと結論を出してしまう。これも他人と自分を比べる悪しき癖が、世の中に広まってしまった証《あかし》である。他人を羨《うらや》み嫉《そね》む暇があったら、少しでも自分が前に進めるように努力したらいいのに、文句ばかりいって何もしないのだ。

私が若い時には、自分の収入に見合うところではなく、家賃の高いところに住んで、仕事をがんばれという大人たちがいた。最近でも、何人もの芸人さんが同じような話をしていた。彼は先輩からそういわれたそうである。芸能の世界にいるのに、小さくまとまっていてはいけないという意味もあるだろうし、働く意欲をかきたてるという意味もあった。勤めていたら、もらっている給料の範囲内で生活費をまかなうしかないし、足りなくなったら親の脛《すね》をかじるとか、友だちから借りるとかしなくてはならないからそれは難しい。

私が最初に勤めた広告代理店で、同期入社の実家住まいの人にお金を借りまくる女性がいた。私は二十歳のときに両親が離婚したので、実家住まいであっても、彼女から借金は申し込まれなかった。さすがに生活が大変だろうと遠慮してくれたらしい。特に実家がビルのオーナーをしているTさんには、何回もお金を借りているようだった。そのたびにTさんは、

「またあの人がお金を貸してくれっていうの。必ず返してくれるのはいいんだけど、それが毎月となるとね」

と困っていた。お金を借りて次の給料日に返す、そしてまた借りて、次の給料日に返すという、延々と続く借金ループになっていた。給料日に借金を返したとたん、同

時にお金を借りようとする。給料日にお金が入って、断れないのがわかっているのがずるいのだ。

「断ればいいのに」

私がそういうと、Tさんは、

「そうなんだけど。断る理由がないのよ」

と暗い顔になった。たとえば私であれば、母に生活費を渡しているといえるけれども、Tさんの場合は、家には一銭も入れず、給料はすべて自分のお小遣いなので、懐が潤っているのは知られている。だから、

「お金がない」

とはいえないのだそうだ。いくら給料が自由になる立場だからだといって、そういう人を狙って、お金を借り続けるのは、よくないなと私は借金女王の彼女が嫌いになった。

断る他の理由として、

「『あなたが嫌い』『お金の貸し借りは嫌い』とか、いってみたら」

など、借金を断る文言を考えて提案してみたが、Tさんは、

「ずっと彼女と組んで仕事をしているから、この仕事が続く限り、そんなことはいえないのよ。私、彼女の性格が嫌いでもないし、嫌いっていうのはいえないな。これま

でお金の貸し借りをしていたし、返してもらっているから、急にそういうやりとりが嫌いともいいにくいわ」

というのだ。一度、思い切って、

「お金の貸し借りは、これっきりにしてくれないかしら」

といったこともあったらしい。すると彼女は、

「どうして？　ちゃんと借りたものは返しているのに？」

と堂々と開き直られて、返す言葉が見つからなかったといっていた。

私としては、「図々《ずうずう》しい」のひと言しかなかったが、Tさんにしてみたら、貸したお金を踏み倒されたわけでもなく、ちゃんと返してもらっているので、妙に納得してしまったというのだ。でも結局は、Tさんは納得していないから、困っているのである。借金をする彼女はお金の貸し借りを何とも思わないタイプで、Tさんはそうではないのだろう。いったい彼女は何のためにそんなに借金をするのかとTさんに聞いてみた。

勤めていた会社は賃金に男女差がなく、同期入社した人は、みな給料は同じだった。当時、彼女は、姉妹でアパートに暮らしていた。二人とも正社員として働いているし、生活費が足りなくなるわけでもないだろうにと話したら、Tさんが、

「自分が好きなブランドの服や、外食代にするために、借金をしているみたいよ」

と教えてくれた。そのブランドは若い人には大人気のブランドで、シルエットも素材も美しい服だった。私も素敵だと思っていたが、服なんてとてもじゃないけれど買えなかったので、スカーフを一枚だけ持っていた記憶がある。

たしかに彼女は、社内でいちばんといっていいほど、流行のメイクをして、いつも素敵なファッションで出社してきて、雑誌で紹介された表参道《おもてさんどう》、青山《あおやま》周辺のレストランには、必ず行っていた。彼女に誘われて、Tさんと私と割り勘を条件に、彼女の行きつけの南青山のイタリアンの店に行った。すると従業員が厨房《ちゅうぼう》からも全員出てきて、二十代そこそこの彼女に挨拶《あいさつ》したのを見て、

（あんた、どれだけ金を遣ってるんだ）

といいたくなった。帰るときも、従業員総出で、彼女に挨拶をしていた。

会社の給料は、他の会社に比べてほんの少しだけよかったとは思うが、自分の楽しみのために、Tさんに毎月借金を繰り返すのは、私には理解できなかった。自分の服や食事のために、同僚に借金をする感覚がわからない。たしかにTさんは家賃も生活費もいらないから、使えるお金の額は多いけれども、

「それを狙うなんて、ひどすぎない？」

と私は憤慨した。

いくら私が腹を立てても、これは二人の間の問題だし、だんだんTさんが私にその

話をしなくなったこともあって、借金については聞かなくなった。その後、私がTさんよりも先に会社をやめてしまったので、後のことはわからない。のちに聞いた話では、お金を借りまくった彼女は、超大手の広告代理店に転職したという。とにかく流行のものに何でも噛《か》んでないと気が済まない人のようだったので、彼女にとっては合っている会社なのではないかと思った。もちろん現在どうしているかは知らない。

そういう人は、いくつになっても、お金の貸し借りを何とも思わないだろう。私にとってはお金の貸し借りというのは、日常生活のなかで大きな問題だが、そうではない人は、当たり前のように借金を申し込める。私も顔見知りで困っている人がいたら、できるだけのことはしてあげたい。でも、

「自分の服を買うため、それも流行の服を買うためのお金とか、外食代に遣われるんじゃ、お金は貸せないなあ」

と、後になって女性の友だちに話したら、その人は、

「生活費を貸すよりも、そっちのほうがいいじゃない」

といった。私は、

「ええっ？　そうなの？」

と驚いたのだが、彼女は明確な理由をいわなかった。それがＯＫの理由は、私にはみつけられない。そういう人は世の中に多いのだろうか。

衣食住とはいうけれど、お金を他人様《ひとさま》から借りるのなら、順番が違うのではないだろうか。私は流行の服を買うためよりも、生活費のためなら、事情を聞いたうえでだが、知り合いにはお金を貸せる。親からは、

「借金を申し込まれて承諾したら、そのお金はあげたと思え。返してもらったら御の字だと思いなさい」

といわれていたし、私もそう考えている。

広告業界にいて、二十代の若い女性なら、それなりに流行のお洒落《しゃれ》をしたい気持ちはわかる。でも多くの人は限りある給料のなかで、欲しいものを我慢したり、節約したりして買っていた。しかし自分の収入以上のものを身に着けたいがために、ゆとりのある同僚に毎月借金をするのはどうしても解せない。そんなにお金が欲しいのなら、消費者金融を利用すればいいのに、利子を払うのを避け、人目を気にして同僚に借りたのではないか。お金に対しての感覚は、もともと生まれ持ったもので、軽い気持ちで周囲の人にお金を借りられる人は、歳を重ねても、それはそれほど変わらないような気がする。

どこにお金を遣うのか

私は若い頃に、高峰秀子《たかみねひでこ》のエッセイを読み、細かい文章は記憶していないが、印象に残った話があった。彼女は五歳で子役としてデビューしてから、ずっと第一線で活躍した人である。映画「放浪記」で林芙美子《はやしふみこ》の役を演じたとき、この映画は、どの出演者も素晴らしいのだが、林芙美子の知的な部分と、ちょっとしたしぐさで感じさせる、彼女の崩れた部分の表現が秀逸で、高峰秀子はすごいと感激した覚えがある。

彼女が働き盛りのときに建てた広い家は、自分が歳を重ねるうちに、維持するのが大変になってきた。受賞記念のトロフィーなどもたくさんあって物も多い。そこでこれから先のことを考えて、家を壊して小さく建て直し、トロフィーなどもすべて捨てたと書いてあったのだ。

私はそれを読んで、

「ああ、そうなのか」

とうなずき、その思い切りのよさに、さすが高峰秀子などと感心していた。感心するだけで、自分の実生活にはほとんど影響はなく、そのエッセイを読んだからといって、自分も物を片づけようなどとは、まったく思わなかったのである。

しかし今、それを思い出すと、一介の物書きと大女優とでは雲泥の差ではあるが、彼女の気持ちがとてもよくわかるようになった。もしも彼女が自分の周りにすべてを置いておきたい人であったなら、ふくれあがった物を収納できるようなスペースを造ることは、簡単にできただろうし、自分のできなくなったことをカバーしてくれる、お手伝いさんも雇うことができただろう。しかし彼女は、住居を小さくし、長期に亘《わた》って仕事をしてきた名誉の象徴である数々のトロフィーを捨て、年齢を重ねた自分に応じて、生活するのに過剰なものを削《そ》ぎ落とす判断をしたのである。

私も身の回りのものを整理しなくてはと、ずっと前から考えてはいた。しかしそのときは、ネコと一緒に住んでいたので、こういったら何だが、ネコがあちらの世界に旅立ったら、引っ越そうと思っていた。しかしうれしいことにネコが二十二年以上、生きてくれて、老ネコを連れての引っ越しはいちばん避けたほうがよいと知ったので、私の計画は延び延びになっていた。

二〇二〇年の秋、ネコが旅立ったのをきっかけに、前にも書いたように、翌年、三分の二ほどのスペースの部屋に引っ越した。当然、家賃も安くなり、その分、ちょっと気楽になった。毎月、必ず出て行くものの負担が少なくなるのは、精神衛生上、いいものだった。しかしその前には、溜《た》まりに溜まった所有品を今の部屋に見合うように減らさなければならず、毎週のゴミ収集に出せるものはそれで処分し、それ以外の家具や分別が大変なものは、引っ越しの際に不用品処分も同時にしてくれる業者さんを、友だちから紹介してもらい、その会社にお願いした。引っ越しの後に不要品を分別の必要もなく、全部まとめて持っていってくれたので、本当に楽だった。その分の経費はかかったが、役所の粗大ゴミ係に連絡をして、家具を自分で集積所まで運んだり、個別に業者に連絡したりする手間を考えると、お金には替えられなかった。自分でできるものはこまめに処分し、バザーに提供したり、業者さんにまとめて持っていってもらったりしたのに、いまだにすっきりと片付いていないのは謎だが、毎日、何か捨てられる物はないかと、処分し続けている。

今のところは働いていることもあり、金銭的には問題なく暮らせているけれど、この先、どうなるかは何度もいうけれどもわからない。きっとこの次は終《つい》の棲家《すみか》になりそうなので、私の計画としては、UR賃貸、いわゆる団地がいいのではと思っている。

物件を探しているときも、

「前期高齢者の私に、部屋を貸してくれる大家さんなんているかしら」

と心配していたのだが、心優しい大家さんが、快く私に部屋を貸してくださった。本当にありがたかった。しかしこれから歳を取ったら、どうなるかわからない。そしてそれより前に、今の家賃をこれからも払い続けられるかどうか、明日《あした》がわからない身なので、ちょっと自信がない。

　引っ越し先を探していたときも、UR賃貸は候補のなかにあった。ただし多くの物件は、駅から離れている建物が多いし、周辺の物件よりも家賃が高い場合もある。通勤がないので駅から離れてもいいつもりでいたが、私の考えを聞いた友だちが、

「団地に住むのはもうちょっと先でもいいんじゃないの。まだまだ元気なんだから、普通に部屋を探しなさいよ」

といわれ、結局、今の新築の部屋に巡り合えた。この先、自分がどのような経済状態になるかはわからないけれど、部屋が狭ければそれなりに家賃も安くて済むので、そんな部屋にも住めるように、今のうちに物を減らせるだけ減らさなくてはならないというのが、私にとっての大命題である。

　私には、所有品は少なければ少ないほど楽なのだ。自分が亡くなった後、残された物を整理してくれる人がいればいいが、子どもがいたとしても、彼ら、彼女らがしてくれる分には、お金がかからないけれど、労力と金銭の負担をかける。親が亡くなって実家の整理をするのに、体力もお金も遣ってしまい、ぼろぼろになったという話はよく聞く。両親が気を利かせて、処分のための金銭は残しておいたとしても、溜まりに溜まったものを処分する労力は並大抵のものではない。だいたい子どもだって中高年になっているのだから、疲れるしぱっぱと簡単に楽に物の処分などできない。腰痛

などが出たら本当に大変で、その労力の分のお金も余分に残してあげないと、荷物を丸投げされた子ども側が気の毒でしかない。

生前整理など不要という人は、自分が亡くなったあとは、残された人が好きにすればいいという。それは「残された人」という確定した人がいての話である。それは妻だったり子どもだったり親族だったり友人だったりするのかもしれないけれど、実際、残された人が好きにしようとしても、その人たちに何かしらの大きな負担をかけてしまうのは間違いない。今の時代、物品の整理をするのも、時間、体力が必要だし、よほどでないと喜んでやってくれる人などいないだろう。多くの場合はほったらかしにするわけにはいかないので、仕方なくやるしかないのではないか。業者に頼めばやってくれるけれど、物を処分するにも、そこにはお金がからんでくる。私はなるべく周囲の人たちに負担をかけないように暮らしていきたい。そのためには少しずつでも生活は小さくしたいのだ。

貯蓄額が一億円あっても、ほぼないに等しくても、みな平等に一年に一歳ずつ年を取る。ほとんどの人は周囲の人々には迷惑をかけたくないと考えているだろう。将来、介護で下の世話をしてもらうようになったら、その人たちに不愉快な思いをさせないようにと、なぜか脱毛をする人までいるくらいである。

私は老後は最低二千万円ないと生活できないといいだした企業と同じように、脱毛は現場の介護の人たちからの要望ではなく、脱毛業者が顧客拡大のためにいいはじめた話ではないかとにらんでいる。老後二千万円問題は、それによって中高年に投資させようという目論見《もくろみ》であり、脱毛は、永久脱毛と謳《うた》っていることもあり、若い女性相手だけの脱毛では、毛を取り尽くした後は営業が成り立たなくなるので、その矛先を男性、子ども、中高年に向けたのに違いない。

脱毛は毛の色が白くなると機械が反応しないらしいので、まだ毛が黒いうちに脱毛しなければと、追い立ててくる。私は介護で尻《しり》を拭《ふ》かれるのを心配するよりも、そうならないように努力するほうが先ではないかと思うのだが、どうも弱いところを突かれると、よろめくように財布の紐《ひも》を緩めてしまう人も多いようだ。お金が足りないといいながら、私が考えるどうでもいいことにお金を払う。どうも様子がおかしい。そういうところにお金を遣える人は、切羽詰まって生活に困っているわけではなく、漠然と老後が不安といっているだけなのだろう。そうはいっても、毛まで取っても、お世話をしてくれる相手の立場を考え、老後も人とつながろうとする人は幸せだ。

人とのつながりを大切にして、物を減らす

二〇二〇年に、バス停で六十代のホームレスの女性が撲殺された事件を知ったとき、能天気な私も、さすがに、

「これは他人事《ひとごと》ではない」

としばらく被害者のことが頭から離れなかった。その場所が、前の部屋に住んでいたときの散歩ルートにあり、現場のバス停の前を通ったりしたので、より身近に感じられた。何も迷惑をかけていないのに、体を休める場所がそこしかなかったからいただけなのに、命を奪われるなど、あってはならないことだと怒りがこみ上げてきた。

事件関連の記事によると、釈放後に自死した犯人は、その前に被害者にお金を渡して、バス停から移動してもらおうとしたが、それを断られたために、痛い目に遭わせればいなくなるだろうと、殴打したという。被害者はお金で動く人ではなかった。プライドもあったのだろう。昔は駅、公園などのベンチは、横になれるような形状になっていたが、いつの間にか中途半端な仕切りのようなものや、不安定な形状のものになって、人が横になるのを拒絶する造りに変わってきた。ホームレスの人たちが、社

会のなかにいられないようにするような風潮になってきたのである。

　東京都には保護する施設もあるようだし、少額でも収入を得、自治体が用意する雨風がしのげるような部屋で過ごせるのがいいのではないかと私は考えたりするが、ホームレスの誰もがそれを望んでいるわけでもなく、外で過ごしているほうがましという人もいるだろうから、難しいところである。

　事件の翌年、NHKで放送された事件の番組を観た。彼女の若い頃の写真などが紹介されていて、明るい雰囲気のきれいな人だった。劇団に所属していた経験もあり、こんなに笑顔がたくさんあって潑剌《はつらつ》とした人の何十年後かがホームレスで、そのうえ突然、命を奪われるなんて、本当に人生はわからないものだと、胸が痛くなった。

　彼女は家族と絶縁しているわけではなく、何年か前まで弟さんと交流があり、年賀状を送ったりしていた。また彼女がホームレス生活をしているのを見ていた周囲の人たちが、とても気に掛けてくれて、声をかけたり食べ物を渡そうとしたりしていたようだが、それを全部断っていたという。

　私自身も人には迷惑をかけたくないと思うけれど、彼女はもう少し、他人に甘えてもよかったのではないか。もし私が彼女と同じような立場になったら、友だちにSOSを出すだろうし、周囲の人たちのご厚意に甘えて、食べ物もいただいてしまう。弟さんとも不仲ではなかったのだから、身内に助けを求めてもよかったのではと残念でならなかった。

彼女には頑《かたく》なに守らなくてはならない信条があり、他人に迷惑をかけたくないと、自力で何とか生きていこうとしていたのに違いない。その気持ちはとてもよくわかるし、最後はお気の毒と軽々しくいえないくらい、ひどい出来事だったけれども、ある程度の年齢になったら、自分の手に余るところは、無理をせずに他人からの助けを求めてもいいのではないだろうか。それは恥ずかしいことではないはずなのだ。

彼女はパートタイムで働いていたのをやめざるをえなくなり、貯金を遣い果たし、最終的にアパートを引き払ってホームレスになった。新型コロナウイルスの感染拡大で、パートタイムやアルバイトで生計を立てている中高年女性が雇い止めにあって、生活ができなくなっているケースが多くなっているらしい。私はそれを新聞のインターネット記事で読んだのだけれど、突然、収入を断たれて困惑している女性たちの話が紹介されていた。

収入が途絶え、年金暮らしの両親には頼れず、貯金も底をついてカードローンで借金をした四十代後半の女性。八十三歳の女性は子ども三人をデパートでのパート業務で育て上げ、六十代後半からは清掃の仕事をして生活してきたが、役所の職員に勧められて、生活保護を受けることにしたという。

どうしても生活が成り立たなくなったら、生活保護を受けるのも必要だ。働きたくないために、不正に保護を受けている人たちがいるようなので、あれこれいわれているけれど、本当に困窮している、本当に必要な人たちが受給できるようにしなければいけない。若い人にはまだ可能性があるが、高齢になるにつれ、自力で収入を得て生活するのは難しくなってくる。受給のための手続きも複雑なようで、申請するにも家族との問題があったり、スムーズにいかない場合が多かったりするとも聞くので、役所側の仕組みも簡単にとはいかないようだ。

記事には、「単身世帯では勤労世代（20～64歳）の女性の約4分の1、65歳以上の約半数が、相対的貧困（標準的な所得の半分を下回る水準で暮らす）状態とされる」とあった。就労や相談支援のなかに、中高年女性が含まれていないのも、問題だという話も掲載されていた。

子どもを抱えるシングルマザーは、勤労世代でもあるので、彼女たちへの受け皿はあるのかもしれないが、中高年の単身女性への就労支援の窓口は、どこかにあるのか、私の知っている範囲では聞いたことがない。国の方針では、退職後もシニアに働いて欲しいとはいいながら、働く必要がある中高年の単身女性の就職先は与えられていない。スローガンを掲げるのは得意だが、ただそれだけでサポートするシステムがまだ足りない。

前章にも書いたが、工事中の道路で、交通整理をしているのは、中高年の男性が多いけれど、なかには同年配の女性も何人かいた。清掃の仕事に就いている中高年の女性も多い。体が動けばそのような仕事にも就けるかもしれないけれど、体力に自信がなかったら、いくら求人があっても、働くことはできない。

新型コロナウィルスでの自粛要請期間が終了した後、再開した店舗で、人手不足で困っているというニュースも見た。たしかに自粛要請によって、パートやアルバイトをやめさせなくてはならなかったりしたけれど、再開したときに人手不足って、いったい何なのだろうかと。世の中には仕事がないと訴えている人が、年齢性別関係なく多かったのに、どうして人手が欲しいところと、働きたい人がうまく出会わないのか、不思議でならなかった。

タイミングが悪く、すべてがずれてしまうという場合もあるので、十人欠員がいて、十人職探しをしている人がいても、全員、就職が決まるというわけにはいかないのだろう。採用条件を緩和すれば、人材を確保できたかもしれないし、雇う側に再び自粛要請が出たら……という不安感があったのかもしれないが。

国としては、中高年女性の多くはすでに結婚していて、夫の稼ぎや貯蓄などで生活できると、彼女たちの貧困について、まったく考えてこなかったのが現状だろう。食事をするのもままならない人々に対して、食品配布なども行われてはいるが、それによって助かる部分は大いにあるけれど、その場しのぎではない、もっと個人の事情に合わせた、個別の根本的な問題を解決していかないと、中高年の単身女性の貧困は増えてしまう。私も明日《あした》はそうならないという保証はない。

新聞記事の置き去りになった中高年女性に対して、何ともいえない気持ちになってしまったが、そのうえ内容に対してのSNSへの書き込みが、あまりに冷たいのにも驚いた。困窮している人がいるとわかると、自分は恵まれていない、得をしていないと卑屈になっている人が、困っている人たちを叩《たた》いて、自尊心を保とうとする、何とも情けない状況になっている。それか自分は彼女たちよりも上という、下らないマウントを取りにきているかどちらかだ。

たとえば書き込みのなかでは、彼女たちがそうなったのは、「離婚をしたのは、自分に男を見る目がないから」「子どもを抱えて大変だというのなら、子どもを作ったのが悪い」「最悪の事態を想定して、生活設計をしていなかったのが悪い」など、自業自得という反応が多かった。なかには、「ちゃんと学校でまじめに勉強をして、いい大学を出て、いい会社に勤めていないから、こういうことになる」と、とんちんかんな書き込みをしている人もいて、

「はあ？」

といいたくなった。

他には「職業を選んでいるから就職口がないのでは」「女なのだからそれを武器に

働ける場所があるじゃないか」「年寄りは若者にとっては邪魔なのだから、別にどうなってもかまわない」など、

「あんたたちも、いずれ必ず年寄りになるんですけどね」

といってやりたくなった。だいたい現在の経済の半分近くは、シニア層がお金を払っているから成り立っているわけで、老人がいなくなったら、今のような経済状態ですら、成り立たなくなるのがわかっていないらしい。

私が若い頃ならともかく、現代でも、女性は男性に扶養されるものという考えが延々と残っているから、彼女たちは置き去りになってしまった。離婚するのが悪いというのなら、老後のためには、別れたいと思っている相手と、我慢し続けて一緒に暮らせというのだろうか。けちをつけてくる人たちのいい分としては、「一生、面倒を見てくれる男をつかまえられなかったのが悪い」という理屈なのだろうが、

「彼女たちを貶《おとし》めるような発言をする、そんなあんたたちには、女性や子どもの面倒を一生見るような甲斐性《かいしょう》があるのか」

と再びいいたくなった。

有名人に対し、殺してやるなどSNS上で暴言を吐いた人物たちを、警察に告発して逮捕したら、若い人がとても多く、なかには中学生もいたと、所属するプロダクションの社長の談話を読んだ。事情もよくわからず、子どもといっても妙に小賢《こざか》しかっ

たりするから、面白半分に書き込んだということも考えられる。中高年女性に対する誹謗《ひぼう》中傷のなかにも、そういったものは含まれている可能性はある。

世の中が分断されつつあり、上級国民などという層がいつの間にか作られ、彼らはいい思いばかりしていると嫉《そね》まれる。社会的地位や収入で上と下に分かれ、下のほうではそのなかで上下の張り合いが起こるといった、情けない状態になってきた。いちばん困っている人たちを掬《すく》い上げて、底上げしていかないと、世の中全体はよくならない。なのにだめな奴は切り捨てろという人がいて、他人の傷みについて想像できず、気持ちに余裕のない人が多くなってきた。

私は家族がある人たちに比べて、高い税金を払わされているが、そういった税金はいったいどこに遣われているのかと首を傾げる。出生率には貢献していないが、税金には貢献し続けているつもりである。困っている人のために遣われているのなら、払った甲斐《かい》があるが、政治家や、それにまとわりつく雑魚《ざこ》どもの私腹を肥やすために遣われているのではないかと思うと、本当に腹立たしい。

私が四十代後半の頃にたまたま会った、ひとり暮らしをしていた女性が、こちらが神経質に感じるほど、美容やお洒落《しゃれ》に熱心だったので、

「いつもきれいにしているわね」

と感心すると、

「これから金持ちの男をつかまえて、老後は悠々自適の生活をしなくちゃ。いい歳をして働くなんていやだもの」

といったので、びっくりしてつい、

「はあ、なるほど」

といってしまった。彼女の頭のなかでは、これからの生活設計が明確に描かれていて、

「ここ一、二年の間に、実家が資産家で、親と同居をしなくてもいい、年収一五〇〇万円以上の男性をつかまえるの。都内の一等地に住宅を建てて、そこに二人で住む。自分は仕事をやめて、趣味三昧《ざんまい》の日々。夫が亡くなったら資産を相続して、老後は安泰」

というのだった。

「はあ、その通りになればいいけどねえ」

そういったものの、いい歳をして外見でひっかかる男性なんて、たいしたことないんじゃないのといいたかったが、やめておいた。友だちでも知り合いでもなかったので、その人が自分の描いたとおりの人生を歩んでいるか、そうでないのかはわからないし興味もない。男性の扶養家族になるための、彼女なりの技術を習得しようとしているのだろう。

手広く仕事をしていたが、それが失敗してしまい、行方がわからなくなった女性もいた。だいたいそういったタイプは、強気な性格の人が多く、自分を鼓舞するつもりなのか、他人との比較が好きなのだ。起業した社長なので、当然、同年配の会社員や主婦よりも収入が多い。そういったところが、とても自慢のようだった。

「OLの年収が、私の月収」

そう自慢して都内の一等地のマンションを所有していた。一時期は会社も軌道に乗り、自分の手腕を自慢していたけれど、あっという間に会社が立ちゆかなくなった。自慢のマンションも引き払い、彼女の行方もわからなくなった。プライドが高い分、自分が事業に失敗したことは恥だったのかもしれない。

腹のなかで、

（あの人たちより、私は稼いでいる）

と思っていても、賢い人は口に出さないし、だいたいそんな金額の問題など意識しない。それを口に出してしまうところが、結局、人望のなさにつながったのではないかと想像した。

失敗したとしても、人望があれば誰かが必ず助けてくれる。しかし彼女にはそれがなかったのか、できなかったのだろう。よくお金をたくさん持っているときは、たくさんの人が寄ってきたけれど、失ったとたんに潮が引くように誰もいなくなったという話はよく聞くが、しょせん自分の損得しか考えない、その程度の人たちしか集まってこなかったのだ。

それを考えると、お金というものはありすぎても、なさすぎても、人を不幸にするもののような気がしている。大金を持ったことがない私の想像からすると、ありすぎるほうが、心が穏やかではなくなるのではないか。私もこれまでで、自分の想像以上に預金額が増えてきたとき、恐ろしくなってきて、これを遣ってしまわなければと、欲しかった着物を買いはじめた。今から思えば、それをほどほどにして、お金を貯めておけば、実家を建て、私もマンションの一部屋くらいは持っていたかもしれないが、資産を持つ気はなかったし、ある額を超えてくると、うれしいよりも恐ろしくなってきた。私の分に見合っていない数字を見て、自分の目の前から消したかったのだ。

以前、中村《なかむら》うさぎさんが、ショッピングの女王として君臨していた頃、週刊誌で彼女のエッセイを読むのがとても楽しみだった。ハイブランドの品物をばんばん買いまくるのが、とても爽快《そうかい》で読み終わるとすっきりした。ご本人はそれによって支払いもあるわけで、楽しいことばかりではなかったと推測するけれど、躊躇《ちゅうちょ》なく高額の物を買っているのを読むと、自分がしたくてもできないことを、代わりにしてくれている気持ちになっていた。

一度、対談をさせていただいたことがあったが、そのときお召しになっていた、ディオールのノースリーブのワンピースが上品でとても素敵で、そのうえノースリーブではいちばん肝心な、腕の付け根の袖《そで》ぐりのカットがとても美しく、

「さすがハイブランドのワンピースには隙がない」

と深く納得したのだった。

私も着物はいちばんの道楽だったのだけれど、自分のできる範囲で、金に糸目をつけずに購入してきた。最初は高校生のときで、それから十年ほど間が空いて、自分のお金で着物を買うようになった。母の着物を私の持っている枚数以上に買わされていたから、彼女が施設に入所したとたんに、どっと私のところに送られてきたために、枚数が二倍になってしまった。

母は着物は着たものの、その後の手入れをせずに簞笥《たんす》に突っ込んだままにしていた。カビとりなどの手入れはしたけれど、そういったものは他人様《ひとさま》には差し上げられないので、自分が着ることにした。カビなどがついていないもので、私に似合わないものは、周囲の着物好きの方々にもらっていただき、枚数がだんだん減って落ち着いてきた。維持費の範囲で、仕立て直しや手入れにお金はかかるけれども、まあその程度で済むだろうと考えている。私自身は車を持っているのと同じと考えている。

ただ物欲がすべてなくなったわけではなく、好みの物を見ると、

「いいなあ」

とうっとりする。しかし今の自分は買ってしまうと生活が危うくなりそうなので、目に焼き付けてじっと見ているだけだが、それを家に持ち帰った自分、身に着けた自分を想像していると、とても楽しい。いくら想像しても、想像するのはただなので懐は痛まない。学生の頃、好きな男子と実際に交際するよりも、片思いのまま、あれこれ想像するほうがずっと好きだったので、想像で満足する体質なのかもしれない。

私が大金持ちで、好きなもの、欲しいものを何でも買える立場だったら、どうなるかなと想像してみた。二十年ほど前だが結城紬《ゆうきつむぎ》の反物を見せてもらった。地色も柄もとても珍しいもので、一瞬、欲しいと思ったけれども、価格がマンションの頭金くらいだったので、当然、後ずさりをするしかなかった。今でもあの紬は素敵だったなと思い出す。しかし大金持ちだったら、そんな反物だって、ほいほい買えてしまう。そう考えると、あまりにものを簡単に買える人だと、あれこれ想像する楽しみがなくなるのではないかという気がした。想像する楽しみを失い、すべて手元にあるのは、幸せである一方、とても不幸な気がするのだ。大金持ちの人からは、

「すべて手元にあるのが幸せなのでは」

といわれそうだけれど。

お金がない若い人が、鰻《うなぎ》が大好きなのに食べられないので、御飯だけ持って、鰻屋の換気扇のところに立ち、店内から漏れてくる匂いをおかずに、御飯を食べたという

話をよく聞いた。ついこの間、若い人に人気のある二十代の女性や芸人さんも、

「自分も同じことをした」

と話しているのを聞いて、こんな若い人もそんな経験があるのかと感慨深かった。今はテレビに出演できるようにもなり、鰻も食べられるようになっただろうが、きっとそのときのことは苦笑と共に懐かしく思い出すだろう。

これは育った家庭が裕福ではなく、高校生のときの小遣いはすべてアルバイトで稼ぎ、母親がパート勤めをしながら貯めておいた、私の大学の入学金を父親が使い込んだうえに学費を払うのを拒否した。仕方なく自力で学費を払わなければならなかった私が、彼らに対して、何となく共感を覚えるので、懐かしい思い出といってしまうけれど、特にそういう経験がない人にとっては、みっともないことと笑われるかもしれない。でもそのみっともない経験も、しないよりはしたほうがいいのだ。

分不相応な入金があった頃、私は欲しいものは何でも買えていた。それはそれでうれしかったのだけれど、ふと自分の周囲にあるのは、お金で買えるものばかりだと気がついた。それはちょっと悲しかった。ただそこで結婚をしようとか、シングルマザーになろうとは思わなかった。

その後、たまたま私の住んでいるマンションの敷地内に迷い込んできた子ネコを保護し、それから二十二年以上、過ごした。ネコ中心の生活で、旅行や夜の外出もやめ

て、自分の好き勝手にはできなくなったし、ネコのわがままに振り回されて大変なこともあったけれど、心が通じ合う出来事も多々あって、生きている者同士の生活ができたと思う。ネコは偶然、私の目の前に現れ、そのおかげで血の通った生活ができた。

ネコと私は対等というか、私のほうがランクは下で、ほとんど下僕の生活だった。自由奔放に生活していたネコでも、母が倒れたという電話を弟からもらったときは、ふだんは私が電話をしていると、わあわあと鳴いて邪魔をするのに、このときはそばにきちんとお座りをして、神妙な顔をしていた。何もいわなくても感じ取っていたらしい。ネコにとっては、咳《せき》がいちばんの大病と思っていたらしく、何かの拍子に咳が出ると、真顔で鳴きながら心配してくれていた。大変なこともたくさんあったが、そこには心が通じ合う生活があった。こういった気持ちは、欲しいものを片っ端から買えていたときにはなかったものだった。

歳を取ったときに、いちばん大切なのは、お金ではなく人とのつながりなのではないだろうか。困ったときに周囲の人が助けてくれるかくれないか。私もかつての弟とのトラブルの際に、友だちが知り合いの方々を紹介してくれて、本当に助かった。今も大学時代の友だちは、手作りの食品を送ってくれ、他の友だちもさりげなく私を気遣ってくれているのがとてもよくわかり、本当にありがたいことだと心から感謝している。

ふと見渡してみたら、持ち家を持っていないひとり暮らしは私だけで、

「あら、そうなんだ」

と気がついた。いまさら気がついてもどうしようもないので、

「あー、なるほど」

というだけだ。

ぼーっと過ごしていても、一年はあっという間に過ぎていく。引っ越しをしたことだし、少しはまじめにこれからについて考えようと、まずクレジットカードを点検した。会社に勤めていた二十代のときは、丸井《まるい》のカードを持っていたが、いつも一括で現金で支払っていたので、ほとんど使っていなかった。二枚の銀行系のカードはフリーランスになったときに作ったものだった。しかし私自身には被害はなかったのだが、これまで不正使用が何度か発覚し、二度、カード番号が変わったので、持っているのが不安になって、ほとんど使っていなかった。

電話でプッシュボタンを押せば、解約できると知ったので、前の住まいでやってみたのだが、そのときはできなかった。しかし引っ越して通信環境も変わり、もう一度やってみたら、すぐに解約できた。もう一枚は私がいちばん収入が多かったときに作ったものだった。それとデパートの買い物カードを持っているが、それは提携カードにもなっていた。今のところカードをゼロにするのも不便なので、他の二枚はそのま

まにした。それで一年半ほど経ったが特に問題はない。

老後に必要といわれている金額まで、とてもじゃないけど到達していないが、絶対に使ってはいけない預金というのがいちおうある。通帳はその預金と、原稿料を振り込んでもらい、生活費などをそこから引き出すための通帳と二冊持っている。いつもは気が向いたときに、金額も特に決めず、使ってはいけない通帳に入金していたが、最近は来年課税される税金を考えて、月々の入金分の一定のパーセンテージと年金分を何か月分かまとめて預金するようになった。少しは真人間に近づいたようだ。

お金はあっという間になくなる一方、なかなか貯まらないのはなぜなのだろうか。私でも私にとっては、お金に去られるより、友だちに去られるほうがずっと悲しい。私の周囲に親しい人たちがいる限り、老後も思い煩うことなく、楽しく暮らせると信じているのである。